청어詩人選 250

발로 쓴

시베리아 판타지

정숙 기행시집

청어

발로 쓴 시베리아 판타지

정숙 지음

발 행 처 · 도서출판 청어
발 행 인 · 이영철
영　　업 · 이동호
홍　　보 · 천성래
기　　획 · 남기환
편　　집 · 방세화
디 자 인 · 이수빈 | 김영은
제작이사 · 공병한
인　　쇄 · 두리터

등　　록 · 1999년 5월 3일
(제1999-000063호)

1판 1쇄 발행 · 2020년 9월 10일

주소 · 서울특별시 서초구 남부순환로 364길 8-15 동일빌딩 2층
대표전화 · 02-586-0477
팩시밀리 · 0303-0942-0478

홈페이지 · www.chungeobook.com
E-mail · ppi20@hanmail.net
ISBN · 979-11-5860-879-8(03810)

이 도서의 국립중앙도서관 출판시도서목록(CIP)은 서지정보유통지원시스템 홈페이지
(http://seoji.nl.go.kr)와 국가자료공동목록시스템(http://www.nl.go.kr/kolisnet)
에서 이용하실 수 있습니다.(CIP제어번호: CIP2020032737)

발로 쓴

시베리아 판타지

정숙 기행시집

시인의 말

길을 베고 잠들었던 고단한 시간들
자전의 방향으로
때론
시공을 거스르며
나선형으로 배회하던
버킷리스트의 포자胞子

별처럼
바람처럼
제자리로 돌아와
다시
길을 묻는다

함께 이 길을 가다
별이 되신 그분을 기리며

2020년 초하에
정숙

차례

2부 / 시베리아에 빠지다

3부 / 한민족의 시원 북방

4부 / 아버지의 레퀴엠 · 사돈의 나라

1부

고려인 디아스포라

횡단열차

백야가 시작될 무렵
시베리아횡단열차에 몸을 실었다
끝없이 펼쳐지는 자작나무 숲
들불 놓은 저 광활한 스텝을 바라보며
동토의 땅에 뿌리내린 우리 한민족이 지켜냈을
생명의 경전이 펼쳐지고 있었다
빼앗긴 조국, 통한의 눈물로 끌려갔던 이 철길
몇 날 며칠을 달렸을까
사방천지 낮게 드리워진 먹구름과 바람뿐
시린 강줄기가 밤안개 속으로 사라지고
적막한 밤공기를 가르며 달리는
철마의 발굽소리에 욱신거리는 가슴 끌어안고
잠 못 드는 긴 여정
슬픈 짐승처럼 엎드린 낡은 마을 외딴 곳에
빤한 불빛이 가물거린다

만주로 끌려갔던 내 아버지 무덤 속 같은 저 불빛
혹여 까레이스키가 살고 있는 오두막은 아닌지
날이 새자 대지는 잔설을 녹여 밑동을 축이고
봉긋이 새순을 밀어올리고 있었다
언젠가는 봄날이 꼭 올 거라고
밑동이 대지에 뿌리를 박고 있는 한
태양은 대지의 편이라는 것을

라즈돌리노예역

비열했던 역사의 첫 페이지가 펼쳐졌다
휑한 대합실 벽에 박힌 매표구가
한갓 낡은 총구로 읽히는 까닭은 왜일까
박제된 시간의 무게에 짓눌려
무기력한 발길이 참 아프다

우수리스크와 포시예트항을 뒤로하고
천구백삼십칠 년 구월 십일
한인강제 이주횡단열차 제일호가 출발한
통곡의 역
우리는 아무 것도 한 게 없고
아무 것도 해줄 수 없었던 단절의 세월
길게 누운 철길만이 그때의 비통한
몸짓과 숨소리를 기억하리라

그해 봄날
사내의 펄펄 끓는 심장에 구멍을 낸
저격병의 총탄이 핏빛 너울을 드리우고
하늘로 솟구친다

예순의 청년 표트르 세메노비츠* 최의 영혼이
따가운 햇살 내리꽂히는 레일 위에서
통 큰 음성의 레치타티보로
동지들이여,
일어나 눈물 거두고 통일을 이루라

*연해주 독립운동의 대부 최재형

환 바이칼

시베리아횡단열차 쿠페 칸의 일상이 익숙해져갈 무렵, 아침마다 대걸레를 들이대며 퉁명스럽던 여자승무원이 처음으로 입을 열었다. 복도로 나가 보란다. 당부 섞인 바디랭귀지가 세계 공통어임을 확인하는 순간이다. 열차의 관전 포인트는 이르쿠츠크 역 도착 두 시간 전, 바이칼호수 난간을 달리는 절묘한 순간을 놓치지 말란다. 승객들은 환호성과 함께 사진기부터 들이댄다. 차창에 다가서자 유빙이 떠도는 코발트빛 호수한 자락이 아스라이 가슴을 파고들었다.

스탈린은 일본군의 첩자노릇이 우려된다는 누명을 씌워, 연해주 한인들을 가축용 화물칸에 구겨 실었다. 짐승처럼 끌려가며 속울음 삼키던 이 철길, 생면부지의 땅, 중앙아시아로 강제 이주 당해 추위와 굶주림 질병으로 죽순처럼 잘려나간 주검을 채여미지도 못하고, 달빛을 빌미로 바이칼호수에 내던져야 했던.

얼음 꽃으로 피어난 생목숨들이
까치발로 일어서서
물안개 피어나는 노을 속 부표가 되어
손을 흔들고 있다
창백한 자작나무 숲 사이로
저녁 햇살이 가늘게 떨리고
겨울잠에서 부스스 눈을 뜨는 바이칼은
그렇게
내 가슴속의 염원과 아픔으로 다가왔다

울음의 밑동

 바이칼호수에서 가장 큰 알혼섬, 원주민 부리야트족 어르신
이 뒷짐을 짚고 마을을 지날 때면 살아생전 할아버지 모습이
다. 후지르마을 언덕에서 자란 냉이 뿌리도 씹어보았다. 고향
의 맛이다. 아침 햇살 내리꽂히는 모래톱을 맨발로 걸었다. 내
유년에 뛰놀던 아시거랑 콩 모래밭이다. 벗어든 양말에 퍼 담
아 꼭 껴안아 본다. 고향의 숨소리가 들려왔다.

브르한 바위가 내려다보이는 언덕
북소리를 따라 올랐다
멀리 바르구진산맥이 뻗어있는 쾌청한 하늘
유빙이 떠도는 코발트빛 호수를 향해
샤먼 부부가 신을 부르고 있었다
광대뼈가 도드라진 검붉은 얼굴이 북소리와 함께
울음의 깊이가 점점 밑동의 깊이었다
수심 일천육백여 미터의 호수 밑바닥을 훑고
하늘로 솟구치는 울음의 밑동이
내 생명의 근원은 아니었을까
머플러에 꾹꾹 눌러 쓴 염원을 솟대에 매달았다

아무도 돌보지 않은 역사와 누구의 백성도 아니었던*
밑동뿐인 그들을, 디아스포라의 삶을 살다간 이 땅의
모든 영혼을 위하여

*김윤배 시인의 '시베리아의 침묵'에서 인용

분홍 바늘꽃

칠월의 꽃구름 아래 피어나는
핑크빛 라벤더향기를 꿈꾸며 달려온
지구의 반에 반 바퀴
스무 살의 드레스는 순백의 꽃구름 같아서
여린 바람결에도 하늘하늘 춤을 추네
사랑니 앓듯
차창 너머로 너와의 간극이 멀어질 때면
밤하늘의 별을 헤며 아침을 기다렸네
원피스 끝자락 하얀 레이스처럼
순결한 향기에 취해 꽃무리 쫓고 있는 나는
한 마리 나비라네
광활한 초원에 분홍빛 융단을 펼치며
저만치서 함께 달려온 가쁜 숨결
바이칼 호숫가 리스비앙카에서
너의 속살에 입맞춤 했네

세 번째 스무 살을 훌쩍 넘김 나를 보네
멀리서 보면 더 아름다운 꽃
분홍 바늘꽃이라네
라벤더인 줄 알고 내내 가슴 졸였던

나의 까드레* 1

아무도 가본 적 없는 내일을 꿈꾸는 나의 아바타, 그녀는 오늘도 가슴 속에 작은 집 한 채를 짓는다. 시베리아횡단열차 쿠페28-1 문패가 선명하다. 겨우 몸을 구겨 넣고 나니 다리 뻗을 공간이 전부다. 잠시도 못 버틸 줄 알았는데, 몸이 먼저 알아차리고 마음만은 꽃대궐이다. 이층의 K가 다급하게 말문을 텄다. 서로 방귀부터 트자며 한방 세게 터트렸다. 초면에 여자 후배 머리맡에서 초특급으로 쐈으니 적나라한 냄새의 괴력에 코를 막고 웃다가 찔끔 눈물까지 쏟았다. 그녀는 안다. 그게 K만의 소통방식이라는 것을. 서먹한 동거가 한 순간에 무너져 내렸다. 입소문을 타고 꾸역꾸역 모여든 초로에 접어든 사람들 저마다 질풍노도의 세월을 반추하며 질펀하게 웃고 또 울었다.

*이야기 구성의 핵심장소

나의 까드레 2

저 언덕 너머엔 무엇이 있을까
근육질의 팔뚝을 걷어 올리며 K가 대답했다
분명 목장이 있을 거라고
막 담배를 태우고 들어온 J도 거들었다
포도밭이 있었으면 좋겠다고
그러자 맨얼굴의 싱글여자가
가본 듯이 딱 잘라 말한다
아무 것도 없을 거라고 그런데 그녀는
왜 꼭 무엇이 있을 것만 같아
잠시라도 눈을 뗄 수가 없는 걸까
뜬 눈으로 바라본 그녀의 시베리아다
꿈도 사랑도 저물어가는 길목
세상은 넓고도 청량하다
무엇이 그렇게도 그녀를 채근하며 달리게 했는지
그녀의 생애 버킷리스트 첫 페이지에
그 답을 적고 있다
시 베 리 아 에 빠지다

체르스키 전망대

앙가라강 발원 표지석이 내려다보이는 전망대에 올라서자, 아련하고 신령스런 바이칼의 청량한 물빛이 온몸에 쓰며든다. 이천오백만 수壽를 누리고 있는 바이칼은 삼백서른여섯 명의 아들을 두었으나, 생애 최고의 자랑이요 기쁨은 눈빛이 유난히 맑고 예쁜 외동딸 앙가라 공주다. 일찍이 아비가 정혼해준 청년을 마다하고 북극의 예니세이를 사랑하게 된 배신감에 격노하여 이곳에 있는 큰 바윗돌을 번쩍 들어 딸에게 던지고 말았다. 공주는 그 자리에서 절명하였고, 그 바윗돌이 저 표지석이다. 훗날 전해지기를 바위가 아니라 아비의 심장을 꺼내 던졌다는 전설이 깃든 바이칼.

한민족의 수난과 격동기 조선의 지식인들이 바이칼 일대를 근거지로 독립활동을 하였고, 볼셰비키혁명의 영향을 받아 국제관에 눈뜨며 자유시참변으로 독립군 잔류 병력이 포로가 되어 수용되었던 곳, 전망대를 조금 벗어나자 온갖 세파를 견뎌낸 홍송 한 그루, 독립군이 비밀결사대를 조직했던 그 소나무 아래, 팔십여 명의 시베리아강제 이주회상열차 대원이 공수한 제물로 추모제를 올렸다. 선열의 넋을 기리고 고려인 디아스포라의 영혼과 세계 평화통일을 기원하는 헌시와 고수레를 마치고 음복을 나누었다. 한민족의 시원 바이칼이여, 우리의 발길을 지켜주소서.

아리랑我理朗 고개

　神은 선물을 고통의 보자기에 싸서 보낸다지요. 일제강점기 전쟁과 기근으로 사할린 동포와 고려인들은 국적이 일곱 번이나 바뀌는 설움과 비애에 맞서 오늘도 유랑의 세월이 진행형이다. 일곱 번씩 일흔 번의 용서를 아리랑으로 삭히며 수없이 응어리진 고개를 넘고 또 넘는다.

밀양박씨 우리 할머니 어린동생 등에 업고
무심한 세월 한탄하며 회심곡 다음으로
디딜방아 장단에 맞춰 불러재끼던 밀양아리랑
그 아득한 장단이 시베리아철길을 달리고 있다
철 커덕 철 커덕……

한복 곱게 차려입은 어르신들
봉숭아 꽃물들인 반달손톱 노을빛으로
아리랑을 부르는 엉거주춤 춤사위가
우리 할아버지 도리깨춤이다

시베리아 회상열차 꽁무니에서 바라본 철길
꼬불꼬불 아리랑 고개로 달릴 줄이야
우리 민족에게 고통의 보자기에 싸서 보낸 준 선물
국경을 허물고 테크놀로지의 선율에 실려
사랑과 축복의 바이러스가 되기를
아, 참된 나를 찾아 이치를 깨달으면
기쁨이 따르리니

해찰부리다

　버스가 멈추자 바쁘게 그녀가 깡충 뛰어내렸다. 무엇에 홀린
듯 침엽수림이 울창한 숲길로 내달렸다. 통나무집 앞에서 마중
나온 러시아 전통 복장의 중년 여자와 딸을 맞아, 오친 쁘리야뜨
나! 저 또 왔어요, 반갑게 인증 샷을 날리곤 어디론가 사라졌다.

고양이 낮잠에 취한 듯 앙가라강 한 자락이
에둘러 이곳으로 흐르는 자임카 숲
강 건너 자작나무 방풍림이 저녁노을에
반사되어 붉게 달궈진 강물 위로
타임머신의 기적이 눈앞에 펼쳐졌다

맨살에 무명천을 두르고 차가운 물속으로
첨벙 뛰어들었던 그녀들의 탄성이 강물을 깨웠다
빽빽한 자작나무 숲이 병풍처럼 둘러친 강
가슴은 한껏 투명한 볼륨으로 차올라
잘방잘방 백조의 군무가 시작되었다
허름한 바냐의 화덕은 식어 있었고
홍차를 마시던 찻잔과 사모바르가 덩그러니 놓여
한여름 날씨에 축 늘어진 곰의 등가죽
거미줄에 엉킨 풀벌레들의 사체뿐이다

어둠이 내려앉은 숲속 하얀 연기를 피어 올리며
샤슬릭이 익어가는 만찬 끝 무렵
상기된 눈빛으로 그녀가 돌아왔다

바람의 진화

소금사막으로 변해버린 아랄해의 모래바람
죽음의 바다를 장사지낸 지 오래다
폐선의 무덤에선 아직도 붉은 피가 흐른다
한때는 푸른 파도 너머로 불끈 솟는
아침 해 바라보며 만선을 꿈꾸었으리라

거역할 수 없는 역사의 세찬 바람이
전속력으로 내달린 거친 대륙의 기류
아무다리아강과 시르다리아강을 거슬러
파미르 고원 지나 천산산맥을 넘었다

아비와 어미가 아프게 걸어왔던 그 길
초원의 시베리아로 다시 고삐를 틀어
국경을 넘는다는 것은 생사의 두려움이다

고요히 눈을 뜨는 아침의 나라 그리도 가보고 싶었던 아버지의 아버지가 뛰놀던 뒷동산 진달래와 뻐꾸기울음소리가 그리웠던 게다. 그도 고향동무와 목화밭에서 다래를 따먹으며 철없이 뛰놀던 추억을 모래밭에 꽁꽁 묻고 몽돌처럼 단단한 발걸음 어찌 떼었을고, 한 세기를 묵힌 골 깊은 상처의 진물 닦아줄 바람의 손 탱탱한데 활촉으로 날아드는 판독불능의 키릴문자가 타타타* 유행가 가사처럼 읽히는 까닭은 왜일까.

*가수 김국환의 인기 가요

국경의 아침

노보시비리스크에서 소나기를 피해 타슈켄트향발지선을 갈아탔다. 길 잃은 새가 차창에 마빡을 찧듯 빗줄기의 절규를 물끄러미 바라보며 잠시 안도의 숨고르기 끝에 지평선 저 멀리 무지개가 떴다. 경계에 놓인 하늘 그 어디쯤 국경이 있을 거란 짐작 뿐, 자꾸만 시베리아로 되돌아가는 착시현상이다. 객실구조가 바뀐 탓일까, 당시 고려인들에겐 잠시 위로가 되었을지도, 밤이 지나고 여명이 밝아올 쯤 국경에 닿을 거란 전언이다. 여권과 출입증을 준비하는 동안 열차는 서서히 멈추었다. 허허벌판에 달랑 슬러브집 한 채, 아침부터 이글거리는 햇살이 이방인을 맞았다. 죽은 듯 널브러진 스텝에서 용변은 물론 한나절 동안의 수감자 신세다.

곤고한 기다림의 누수현상이 곳곳에서 아우성칠 때, 그림 같은 출국심사요원 한 쌍이 들이닥쳤다. 술렁이는 기류를 단칼에 날려버릴 듯, 남자의 눈빛레이저가 의외의 반전을 일으켰다. 짧은 심사가 아쉬울 따름, 그간 숨죽였던 시간을 토막 내느라 분주한 입방아들, 곧 카자흐스탄 입국심사가 기다리고 있단다. 달리는 열차 안에서라니 그나마 다행이다. 공동묘지가 제일 먼저 달려오는 황망한 땅, 통나무 전봇대가 앙상하게 줄지어 이 땅에 숨결을 불어넣고 있는 지평선 너머로 하루해가 또 붉게 저물고 있다.

고려국시

뜨악한 햇살
거친 토양의 바람 냄새로 버무린
색색의 채소들 웃고 있다
양고기 대신 닭 가슴살에 올라앉은
살얼음 육수의 향이 이국적이다

자박한 국물에 면발을 적셔
게걸스레 한 입 베어 무니 영락없는
우리 할머니 할머니의 아득한 손맛이다

낯선 손님을 초대하느라
긴장했을 그녀의 손끝에서
바르르 떨렸을 면발에
맛깔스런 국물의 풍미가
혀끝에 감겨온다

타슈켄트 어디쯤 두고 온
고향이 그리운 그의 안까이*가
수줍은 미소를 담아 내어온
고려국시 한 그릇

*아내

우슈토베역 광장

　여드레를 달려온 열차가 서서히 플랫폼에 멈춰 섰다. 블라디
보스톡에서 하바롭스크 카림스카야 울란우데 이르쿠츠크의 바
이칼호수를 지나 노보시비리스크에서 시베리아의 울창한 자작
나무 숲과 강물과 늪지대를 놓아버리고, 메마른 땅 중앙아시아
의 타슈켄트 노선을 갈아타고 국경선을 넘었다. 여드레가 한
달 같았다. 귀를 찢는 카자흐스탄 소비에트사회주의공화국 경
비병들의 호루라기 소리와 공포탄을 쏘며 군홧발로 갈기던 폭
거 대신 놀이패의 풍악소리가 울려 퍼졌다. 일면식도 없는 그
들을 부둥켜안고 환희의 찬가와 사탕세례를 흩뿌리며 뜨거운
심장에 꽃다발을 안겼다. 새벽 한시 삼십오 분의 일이다.

희미한 불빛에 어른거리는 그녀의 실루엣

"가로등 불빛이 아련한 포시에트항구에서 처음 그를 만나 사랑을 싹틔운 어부의 딸 예카테리나, 빅토르와 함께 강제 이주열차에 올랐던 열여덟 처녀가 평생 그 아픈 세월을 견디고 여든 여덟의 여름, 못다 이룬 그녀의 애틋한 사랑이 잠든 바슈토베 공동묘지에서 가져온 한줌 흙을 품에 안고 고향 연해주로 돌아가기 위해 내려선 플랫폼, 칠십년 전 그녀가 바라보았던 붉은 맨드라미와 장다리꽃, 해바라기를 타고 올라간 나팔꽃들이……"* 어둠에 묻혀 환영으로 어른거린다. 왠지 불길한 예감, 그녀의 최후가 심상치 않다.

*김윤배 시인의 장시집 『시베리아 침묵』에서 줄거리 인용

바슈토베 언덕

손길만 닿아도 바스러져 내리는 풀포기들
비 한 방울 없는 메마른 땅이 애처롭다
따가운 햇살과 거친 모래바람
사방을 둘러보아도 그늘 한 점 없는 허허벌판
혹한기에 이 황망한 곳으로 내던져졌던
고려인들은 살아남기 위해 맨손으로 토굴을 파고
그 자리가 스스로의 무덤이 되어
공동묘지를 이루었다

중앙아시아에 뿔뿔이 흩어져 살고 있지만
한식날만큼은 사직서를 내고서라도 산에 오른다는
그들의 가슴속에 영원한 최고봉이 바로 여기다
끝없이 펼쳐진 고즈넉한 언덕에는 죽은 자가
산자보다 더 큰 마을을 이루고 있는 이곳이
한인 강제 이주 고려인들의 성지다

저 광야를 바라보라
그들은 떠나고 없지만 피땀 고인 묵정논에는
고결한 숨결로 살아남아 반기고 있지 않은가
녹슨 철재 울타리에 갇힌 초라한 비문에서
그날의 신음소리가 들려오고
수런대는 갈대 잎의 진혼곡이 어디론가
떠내려가고 있지 않은가
다시는 잊지 않겠노라 다짐의 서약을
타임캡슐에 담아 우리들의 가슴에
고이 묻습니다

회귀

초원의 푸른 눈 항카호를 바라보며
시호테알린 산맥을 낀 엘도라도의 땅
국운의 훈풍이 비켜간 자리
하늘이 맞닿은 이 드넓은 대지에
이념과 민족을 뛰어넘는 새로운 세상의
르네상스를 꿈꾸는 고려인들의 후예

또 다시 국적을 상실해버린
이데올로기의 해체에
생존을 위한 비루함의 여정을 접고
빈털터리로 식솔들을 끌고
조상의 뼈가 묻힌 이곳으로 돌아왔다

유라시아에서 가장 아름다운 바인부루커 초원
백조의 호수 텐어호 주변에 보금자리를 튼
백사십삼 년만의 토르구트와 시보족의 동귀서천이
대륙을 횡단하는 고난의 피난길에
민족의 대서사적 드라마를 연출한
옛 몽골족과 만주족들처럼

고구려와 발해국을 세웠던 이 땅에
다시 밝고 평화로운 세상을 꿈꾸며
트랙터소리가 끊이지 않았던 옛 명성을 되찾아
신세계 교향곡이 울려 퍼지는 그날까지

꿈 팔이 뎌투쉬카*

인물 좋은 돼지머리가 고삿 상에 올랐다
웃고 있는 돼지 입에 지폐를 물리며
—자, 한 잔 드시고
올 유기농메주 된장 차가버섯청국장
대박을 기원합니다

미하일로프카 우정마을 주민들이
돌아가며 돼지코를 쓰다듬고
땅에 엎드려 큰 절을 올린다

칠십년 만에 콩心으로 돌아온
연해주 고려인 후손들
선대가 피땀으로 일구어 놓은 이 땅에
다시 뭇 생명들이 살아 숨쉬는
낙원을 꿈꾸는 그들

유라시아토양과 섭생을 닮은 검붉은 얼굴
불굴의 튼실한 팔뚝과 넓은 어깨너머로
잡초와 함께 야생으로 자라는 끝없는 콩밭
어린 손자 아르또르와 아르촘의
똘망한 눈빛 속에 익어가는 메주콩이
쳐투쉬카들의 내일이고 오늘이다

*아줌마

깐지다

아직 우리말이 어둔한 수줍은 육십 대 청년
그가 오늘 갈채를 받으며 단상에 올랐다
역사적인 조국에서 두 번째 시집을 출간한
북 콘서트의 주인공이다
언제나 진중하고 말이 없던 그가
오늘 따라 무척 고무된 모습이다
관중석에서 질문이 날아왔다

—시집을 낸 소감이 어떻습니까?

통역관이 마이크를 갖다 대자
대뜸 말문을 텄다

—깐지게 잘 나왔다

관중석에서 빵 웃음이 터졌다
내 이력을 잘 아는 고향 남자친구가
격려의 속뜻을 담아 나를 놀려대던 깐지다는 말
다시는 못 볼 먼 곳으로 떠난
그 친구 대신 오늘 그가 깐지다고 하네
경상도 사투리가
수억만 리 대륙을 떠돌다 회귀를 하네

2부

시베리아에 빠지다

비단산 바람소리

꿈결인 듯 비단산 바람소리는
허밍으로 아리랑을 불러요
오방색 댕기 펄럭이며 손짓을 하지요

너럭바위 아래 지천으로 핀 참꽃들
연둣빛 처연한 능선 아지랑이 속으로
우리들은 어느새 알타이산맥을 넘어
타클라마칸사막을 바람처럼 건너서
연해주 비단산에 올라요

둔덕마퇴에서 바라본 아무르만
물안개 피어나던 그 곳
함께 뛰놀던 동무들의 함박웃음이
웅덕마퇴에서 들려와요

오마니는 참꽃 따서 화전 부치고
아바지는 갯가의 열목어 잡아
두레상에 마주 앉아 고향노래 부르던
그리운 까레이스카야 슬라보드카*

*개척리

44

사랑의 꽃말

겨울바람에 납작 엎드린 채 피워낸 꽃
세상에서 제일 작은 상록수 한라산 시로미가
동장군을 밀어내며
시호테알린산맥으로 전하는 사랑의 꽃말
봄빛 가득 머금은 발해의 등줄기
흐드러지게 붉은 진달래꽃
다시 봄이 올 줄이야

찬란했던 역사의 지문이 서린 성벽들
고인돌 지나 너럭바위 건너면 빛바랜 묘비처럼
제살을 허물고 운무 속에 잠든 고사목
발해역사의 퍼즐을 땀땀이 꿰매며
벅찬 가슴으로 올라선 비단산 정상
천재天際를 올리던 민족의 숨결이
오방색으로 펄럭인다
성정이 올곧은 민족에게 神이 점지해준
수려한 삼천리금수강산이
시호테알린산맥의 한 뿌리라는 것을

타이가 숲에 들다

침엽수림이 울창한 극동 시베리아 변방
문명을 거부하고 자연에만 기대서
살아가는 에벤키족 그들은
이끼를 먹는 순록을 키우며 산다
절반이 겨울인 탓에
먹잇감이 자라는 삼십년 주기를 좇아
순록을 몰아 제자리로 돌아오는 순간이
한 생을 완성하는 지구의 떠돌이 별이다

인간 백세 시대
체크 받아야 존재하는 일상
오늘도 다박다박 날아드는 검진통지서
전 국민이 환자인 나라
엄살을 부추기는 스펙트럼의 진단서 한 장
차라리 삶과 정면으로 맞서
진득하게 살아가는 그들의
깊고 따뜻한 시선이 그리운 까닭은

에벤키족은 스스로 별이 되는 때를 헤아려
바람처럼 이슬처럼 한 줌 햇살을 머금고
밤을 기다려 우주의 진짜 별이 되기 위해
타이가 숲으로 든다
홀로 걷고 또 걸어서 소실점에 이르기까지
상여도 상주도 노잣돈도 없이

초원의 아리아

초원을 호령하던 말발굽소리
아직도 지축을 흔드는데
지금은 어느 곳에서
말갈기 휘날리며 달리시나요

생전 그렇게도 그립던 조국의 숨결
한 줌의 백골이 되고서야
수이푼(슬픈) 강물 따라 동해로 흘러드는
임의 청청한 기상 저 평원을 가로질러
오늘도 바람결에 스쳐옵니다

연해주의 푸른 눈 항카호를 지나
은하수를 건너는 초원의 밤바다
그대의 영혼 앞에 머리 숙여
하나 된 조국, 영원한 불꽃으로 타올라
평화로운 세상을 꿈꾸게 하소서

빙하기를 가다

블라디보스톡,
남쪽 해안선 따라 펼쳐진 수많은 열도
산세도 식생도 울릉도를 빼닮은 리코르다섬
바다를 벗어난 적 없는 울릉도와 독도
그 식생의 비밀이 여기 있었네

해수면이 백오십 미터나 낮았던 빙하기
거대한 호수였던 동해의 산줄기 열도는
울릉장구채 회솔 큰 두루미꽃 군락 이루고
진달래 철쭉 백당 까치박달의 관목과
마타리 백리향 도라지 둥근 바위솔
우리네 산천에서 마주했던 꽃과 나무들

공군기 사격훈련장이었던 이 섬
녹슨 탱크 아래 흐드러지게 피어난 두메부추 꽃
늦은 여름휴가를 즐기는 자작나무의 사람들
초록 융단 위에 수를 놓은 해당화가
유난히 붉다

연어, 그 사랑법

얕은 여울을 따라 막시모프카로 가는 길
숱한 죽음의 장막을 뛰어넘어
물속 사막의 자갈무지로 몰려오는
낯익은 첨연어 떼

한생을 다 바쳐 저장한 지방과 근육으로
산란을 치르는 사생결단의 사랑법
오직 죽기 위해 태어난 목숨들처럼

부모 등골 빼먹는 게 자식이라지만
그 등골 다 내어주고도
뒤가 당기는 어미의 속내
허연 배를 까뒤집어
남은 살점마저 내어 주어야
다시 살아나는 생

물살에 떠밀려 분해된 뼈마디 간데없지만
한줌 햇살 더해 조류를 키워내고
다시 큰 바다로 나갈 꿈을 키울
새끼들의 밥이 된다
엄마 아빠가 그랬던 것처럼

숲속의 교향곡 1
−Espressivo 풍부한 표정으로

고요한 숲속 아침 어디선가 비비새 울음소리
처음 세상 구경 나온 아기가 안개 속으로 걸어가요
새소리를 따라가고 있나 봐요
길가에는 에델바이스와 제비꽃이 아침 해를 맞아
이슬을 털어내는군요
아기의 시린 발등도 곧 따뜻해지겠죠
풀밭에서 할미꽃을 만났어요
두 손으로 꽃잎 감싸며 옹알이하네요

—함니, 비비새 어디쩌?
　나 그리로 데려다죠
　폴짝,
　하이든소나타의 경쾌한 리듬으로 걸음을 때는 아이

안개가 걷히고 햇살이 고개를 내밀어 아이를 맞아요
나풀나풀 오솔길을 따라 언덕을 오르네요
저런, 내리막에서 나동그라졌어요
툭 털고 일어나는군요
큰 바위 지나 아기진달래가 피어있는 돌무덤

탐스런 꽃대 하나 꺾어 머리에 꽂네요
하얀 원피스 자락이 흰 나비 같아요

무릎이 깨지고 옷이 찢어진 아이가 도착한 곳
어린 비비새가 울고 있는 무덤가 덤불 속이었어요
아빠는 전쟁터로 엄마는 밥을 구하러 간 사이
비비새가 아이 품에서 곤히 잠들었네요
계곡의 물소리와 귓볼을 스치는 바람의 손길
미묘한 산울림에 숲의 정기가 느껴져요
엄마가 돌아오려나 봐요
곧 온 가족이 함께 돌아오겠지요

숲속의 교향곡 2
-Cantabile 노래하듯이

파랑새는 절망의 끝에서 기다린다고 했어요
전쟁으로 시작된 내생의 이력은 벌거숭이에요
숨통을 조여 오는 심장 속 파랑새는
거칠게 파닥거렸지요
이제 그만 숲을 떠날 결심을 해야겠어요

파리한 형광불빛 아래 박제된 내 모습 나는
이방인이 되어 치열하게 살아가는 법을 익혀야했죠
달동네 발치엔 수많은 별이 뜨고 불빛이 흐르는
이상한 나라 엘리스가 되어버렸거든요
화려하고 멋진 세상이지만 난 언제나 혼자였어요

지금쯤 숲에는 찌르레기가 한창일 텐데
해질녘 투명한 하늘의 파편들처럼 찌르레기 군무는
모차르트 협주곡 리듬에 실려 마술을 부리곤 하지요

잠시 바람이 숨을 고르면 빨간 신호등이 켜지고
의식의 기류는 자꾸만 숲으로 달려요
한여름 소낙비 오는 거리에서 타이어 마찰음이 때론
외갓집 방죽가 솔밭능선을 넘어온
세찬 비바람소리 같기도 하고
할머니가 나를 찾아 애간장녹이며 허둥대는 먼
울부짖음 같기도 해요 하지만 나는
파랑새가 꼭 나를 기다릴 거라고 믿어요

숲속의 교향곡 3
−Capriccioso 기분이 들뜬

이른 아침 오색딱따구리 부부가 경쾌한 카티시모로
이깔나무 둥치를 쪼고 있어요 새집을 짓네요
새끼들 다 건사하고 오붓한 노후를 준비하려나 봐요

도끼질 당해본 적 없는 원형의 온대성 원시림
톱질마저 어림없는 천혜자연이 완성된 시호테알린
온갖 새들이 화려한 음색으로 교향곡을 연주하죠
오늘은 숲속 악사들이 고향으로 떠나는 고별무대예요
꽃사슴은 보리수아래 자리를 잡았군요
온 가족이 석별의 정을 나누려나 봐요
고추잠자리도 마타리 꽃대에 앉아 큰 눈동자를 굴려요
청개구리도 초록융단 돌이끼에 앙증맞게 올라앉아
햇볕 쬐기를 하네요

인디언 추장복장 황금색 깃털을 쓴 후투티 한 쌍이
나무둥치에 올라 고별인사를 하는군요
꾀꼬리와 휘파람새도 새봄에 다시 만나기를 언약하며
텃새들과 환상의 하모니가 온 숲에 울려퍼져요
신비스런 숲의 기운이 온갖 짐승과 풀포기
돌멩이에 이르기까지 무아지경으로 순환하는 피톨들
오색딱따구리 부부가 대미를 장식하네요

감미로운 "토셀리 세레나데"를 열창하는군요

숲속의 교향곡 4
－Erhaben 숭고한

눈보라가 일상인 타이가 숲의 긴 겨울은 온통 하얀 세상
깊은 잠에 빠진 듯 묘지석처럼 서있는 나무들 오랜만에
햇살이 숲을 깨우고 오색딱따구리 노부부가 둥지에서
포르르 날아올랐어요 빨간 모자가 돋보이는 할아버지와
까만 모자의 할머니가 햇볕을 쬐며 깃털을 다듬고 있네요
해마다 겨울여행은 시호테알린 남쪽에서 보냈지만
올 겨울은 더 혹독한 북쪽으로 힘겹게 날아왔어요

—이 숲은 참 깊고도 오묘하오
  그러게요, 우린 숲의 법칙을 따를 뿐이에요
  고맙소, 당신과 내가 어느새 겨울 나그네가 되었구료

시간이 가슴을 에둘러 뼈 속으로 흐르는 동안
삶속에 녹아내린 요란했던 고통도 잔잔한 행복도
한 점 바람이었다는 것을. 부부는 제일 높은
물푸레나무 우듬지에 올라 멀리 숲을 바라보았어요
간밤에 짐승들이 사냥을 하느라 눈 위에 찍힌
현란한 발자국과 낭자한 핏자국의 흔적들 평생 살아온
숲속의 일상이 이토록 낯설게 다가올 줄이야

눈구름이 몰려와 사방이 어둑하니 여우가 사냥을 나왔군요
피 냄새에 주위를 맴돌다 오색딱따구리부부를 발견했어요
킁킁 냄새를 맡더니 사라져버리네요
숲의 기운은 점점 가라앉고 까마귀 떼가 잿빛하늘을 돌며
요란하게 울어대는군요 새들이 나뭇가지를 물어와
주검 위에 소복이 놓아 주네요 눈이 내리기 시작했어요
어디선가 낯익은 목소리로 슈베르트의 겨울 나그네가
숲속 가득 울려 퍼져요
함박눈이 무덤을 완성하고 있군요

神들의 고향

신들의 출생지는 숲이다
숲은 강을 낳고
강은 인간을 품어 문명을 낳았다
신과 문명은 한 통속이다

문명의 정글에 들어가 보라
신들의 그림자가 혼절한 인간들을
부축하고 있지 않은가

안주하지 못하는 인간들의 욕망
바벨탑 쌓아 신을 감금하고
통치의 도구로 삼았지만
그 비등점만큼의 시간 끝엔
소멸이 기다리고 있을 뿐

시베리아 숲에는 수많은 신들이 살고 있다
자연의 일부로 함께 살아가는 사람들
문명의 이름으로 사라져가는 숲의 정령들이
이곳에선 친숙한 모습으로 다가온다

우리 민족의 태반이 숲에서 왔기에

아타타, 아이!

　헬기가 유일한 교통수단인 시호테알린, 광활한 타이가 숲에서 사냥이 주업인 우데게인들의 아름다운 상생이 놀랍다. 너는 너의 길을 나는 나의 길을, 조상 대대로 숲의 법칙이 존재하는 아그주마을 사람들은 숲의 제왕을 극진히 모신다. 호랑이를 산신료우로 받들며 서로 영역을 침범하지 않고 친척처럼 지낸다. 우데게이 탄생설화가 단군신화를 닮았다. 남매가 오빠는 곰을 만나 사람을 낳고, 누이는 호랑이를 만나 호랑이를 낳았다. 그들은 호랑이와 고종사촌인 셈이다.

가끔 호랑이가 잡은 멧돼지를 가져갈 때는
큰 소리로 아. 타타. 아이! 나 조금 가져간다!
라고 고해야 한다
이곳 주민 아르카디가 바라는 것은
우데게인들이 조상 대대로 살아왔던 방식 그대로
외부 간섭 없이
자연과 교감하며 평화롭게 사는 것이다
호랑이와 반달곰 회색늑대 큰사슴 이즈부라와
사향노루 검은담비 르노크와 하리우스가
사부 숲과 사마르가강에서
서로 어울려 자연의 순리대로 살아가는 것

숲은 원래부터 그들의 것이었으므로

참 씁쓸한 행진

온돌아궁이가 발견된 두만강 조선 곡谷은 강제 이주 전 고려인들이 살던 곳, 산에 오르면 가슴 뻥 뚫리는 동해요. 울창한 숲에는 치밀하고 담대하나 포효치 않는 엄숙한 풍모의 암컷호랑이가 극진한 모성애로 삼남매를 키웠다. 새끼들이 다 자랄 무렵 어미가 밀엽꾼 총에 죽고, 큰딸은 내륙 사슴계곡에 터를 잡아 새 가정을 꾸렸지만, 어미의 땅을 물려받은 아들이 한 달 만에 올가미에 또 목숨을 잃었다. 태반의 영역이라 포기할 수 없는 걸까. 다시 작은 딸이 그 땅을 물려받아 두 아들을 키웠으나 불행은 끝나지 않았다.

벌목과 밀엽 숲은 점점 사라지고
먹이사슬이 고갈된 짐승들이 해동기를 맞아
동해로 몰려드는 길목 밀렵꾼이 출몰하기 일쑤
먹잇감을 놓고 싸우다 동생을 잡아먹기까지 했다

여럿 암컷을 거느리고 이 지역을 지키는 왕대아빠가 있지만
호랑이는 각자 영역에서 홀로 살아가는 습성이라
묵묵히 순찰을 돌 뿐이다

사슴계곡 눈밭 큰딸가족 남매는 햇볕 쬐기를 하며
은밀하고 평화로운 한 나절을 보내고 있을 때
작은 딸은 그날 밤 새끼 하나를 가슴에 묻고
절룩이는 큰 놈을 채근하며 어디론가 눈길을 떠나는
참 씁쓸한 행진

어디로 갔나 너는

제피나무 애벌레가 껍질을 벗고 훨훨 날아오르는 호랑나비를 보았지. 오로라의 섬광처럼 밤하늘을 번득이는 도시의 불빛을 봤을 때도 같은 느낌이었어. 내가 모르는 또 다른 세상, 나는 밤마다 어디론가 달아나는 꿈을 꾸었지. 종달새 울음을 좇아 형산강 둑에 섰을 때 간밤에 달아났던 그 길이 보였어. 그림처럼 펼쳐진 들판 강가에는 온통 사과밭이라 부자마을로 꼽히지만 나는 그들의 그늘이 두려웠고, 가로막힌 산이 호리병속 같아 숨이 막혔어. 어른들은 범울리, 아이들은 호명리라고 해. 이발소와 점방이 있는 공굴담은 마을의 입이자 항문이야. 모든 길은 로마로 통하듯 산에 오르는 일 빼고는 이곳을 통해야하거든, 고향 길 아버지가 마중 나오고 어머니가 배웅해 주던 곳.

살을 발라낸 횅한 능선
가시 돋친 고향의 굽은 등뼈
언 손 비비며 따라 나서는
내 어린 날의 초상

아득한 세월이 버겁다며
종종 안부를 물어오던
눈이 슬픈 그 아이가 두고 간 짧은 생애
뒷동산 굽은 능선이 낮설게 다가온다

떠나오는 간이정류장
나를 업어 키운 등뼈 마디마다
깊어가는 고향의 주름살 위로
눈꽃이 핀다
죽어도 다시 태어날
그 뼈 속에 나를 함께 묻는다

돌아갈 수 있을까

—그런 눈으로 보지 마!

저 위압감 넘치는 영민한 눈빛
사려 깊고 치밀한 관찰자가
나를 쏘아보며 한마디 내뱉는다
경쟁과 희생을 피하려는 철저한 영역주의자
숲의 제왕은 언제나 고독하다

—내 초상권 돌려줘

한반도에서 쫓겨난 지가 언젠데 무슨 염치로
내 초상권을 무단 사용하는지 따져봐야 겠어
토끼로 둔갑시킬 땐 정말 비참했어
요즘 빽, 하면 나를 팔아 수작부리는 거 다 알아
우린 한 발짝도 그곳에 들일 수 없는데 말이야
그런데 웃기더라
이번 동계올림픽 때 참 보기 좋았어
나도 모르게 신바람이 났거든

―통째로 내줄 수 있겠어?

조상 대대로 물려받은 백두대간이 우린들 싫겠니
할아버지가 그랬듯이 제왕다운 범접할 수 없는
위엄과 풍모를 지닌 신비의 그 자태
숲을 통째로 내놓으라면 할 수 있겠어
우린 행동반경이 진짜 장난 아니거든
그리고 그거 알아
제발 집구석 쌈박질 좀 하지 마
쪽팔려 죽겠어

―카플라노프의 영혼이 서려있는

시호테알린동쪽 비킨강 골짜기에서
죽을 고비를 여러 번 당했지
그가 우릴 구해주지 않았다면 씨가 말랐을 거야
최초로 시베리아호랑이 보호에 나섰던 그가
밀렵꾼 총에 맞아 죽고 말았어
서른두 살에 절명한 동물학자야 우린 그를
숲의 영웅으로 받들고 있지
이제 그만 우리의 소원이 이루어졌으면 좋겠다
한반도에 살고 있는 인간들아,
그 기쁜 소식 꼭 기다릴게 응!

베링해를 건너면

가장 비현실적인 자연의 연출을 상상해본다

동해안을 거슬러 오호츠크해 쿠릴열도와
베링해 알류샨열도에서 알래스카로 이어지는 섬들
선사시대 우리 선조들의 고래잡이 길이다
대륙사냥이 한창이던 러시아탐험대 비투스 베링의 이름을 딴
삼태기 모양의 베링해 꼭짓점, 유라시아 끝단과
북아메리카 끝단에 서울 천안 간 직선거리의 해협이 있다
한때 해저터널 건설 광풍이 불기도 했던

빙하기 고아시아족이 설피를 신고 캄차카반도에서
알래스카로 건너가 아메리카 대륙의 원주민이 되었다는
시베리아 에스키모와 아메리카 에스키모가
형제처럼 살던 그곳
러시아에 보물창고를 안기고 괴질병으로 숨을 거둔 그는
수차례 탐험에 나섰던 그곳 베링섬에 묻혔다
크림전쟁 패망으로 재정이 고갈된 러시아차르가
봉이 김선달 뺨치는 행각으로 목돈을 챙기려 알래스카와
원주민 알류트족을 통째로 미국에 팔아넘겼다

환태평양 불의 고리 쓰나미 파도와 마주한
긴 혹한에도 북방이끼가 자라 순록을 키우고
바람이 스쳐간 자리 풀씨가 날아와 꽃들의 향연을 펼치는
해안가 모래 둔덕 해당화 군락이 계절을 손짓하며
해식동굴 안 물개가 헤엄치고 새들이 보금자리를 트는
베링해를 안고 살아가는 사람들, 바다 여신 아그나와 범고래
카약은 사라지고 침입자들의 모터보트와 총 알콜
착취와 노예 전염병으로 멸종된 그 땅의 주인들에겐
신성한 대지와 바다에 대한 능욕이 아닐까

보물선

전설의 화석이 된 그날의 비극
전쟁이 일상인 제국주의자들의 광기가
울릉도 저동 앞바다에서
골리앗을 쓰러뜨리고 욱일기를 꽂았다
금괴가 실린
제정 러시아 발틱함대 돈스코이호가
도죠 대장에게 포위되자
칠백여 병사들 앞에서 비장한 결심을 토하고
로제 스토빈스키 중장은 장렬하게 최후를 맞았다

−제군들은 이 섬에 상륙하고 배는 절대 뺏길 수 없으니
더 깊은 곳으로 몰아 폭파한 뒤 우리 장교들은
나라에 바친 몸이니 모든 것을 책임지고
발틱함대와 운명을 같이 하겠다!
그리고 금괴와 귀중품은 조선인에게 주라!*

주민들에게 금괴를 주니 겁을 먹고 도망치자
병사들은 후의를 모른다고 화가 나서
울릉도 앞바다에 몽땅 던져버렸다는

해양실크로드 전성시대 아랍인들이
고대 당나라 유물을 가득 싣고
인도네시아 수마트라해협에 좌초되어
천 백년이나 잠자던 난파보물선 다우선 컬렉션에 취해
심심찮게 새로운 버전으로 동해를 탐욕하는
신밧드의 모험을 꿈꾸는 사람들

진정한 보물은 전선에서 목숨 바쳐 산화한
구국 영웅들이 아닐까

*주강현 저 환동해 문명사 "시베리아 횡단열차와 동해출구" 편 인용

식해밥상

며느리 둘을 한꺼번에 들이고 첫 설을 맞았으니
시부모님 묘소와 대소가 어르신께 세배드리러
온 가족이 천리의 귀향길전쟁에 끼어들었다
어스름 강줄기 줄 배로 건너던 형산강
만감이 교차하는 차창 밖, 개선문 들어서듯
밥상머리 둘러앉은 면면이 참 낯설고 대견하다
한여름 밤 꿈의 세월이 그렇고
외국며느리 교포조카사위 늠름한 손자들이 그렇다
딱, 하나 변하지 않은 형님의 손맛
홀띠기* 식해밥상이다

북방에서 한민족이 동해안을 따라 내려오던 영일만
가자미와 홀띠기가 멥쌀을 만나
유민들이 빚어낸 곰삭은 인생의 맛 식해밥상 길
굴욕의 통치자에겐 망명의 길이요
일제 강점기 유배와 징병으로 끌려가던
말갈기 휘날리며 고삐 조였을 정복자의 길이기도 했던
아득한 선조의 선조들이 더듬어온 이 길을
언제 다시 꽁꽁 철길을 이어 장벽의 역사를 걷어차고

그리운 사람과 꿈을 실어 나를 대륙의 새로운
패러다임에 팡파르를 울릴 수 있을지
부산에서 동해선 타고 울산 간절 곶 해맞이 감상하며
포항 강릉 삼팔선을 지나 두만강 건너
시베리아횡단열차에 몸을 싣고 우랄산맥 넘어서
유럽을 에돌아 아프리카 호모사피엔스와
미토콘드리아의** 고향으로 떠나는
나의 마지막 버킷리스트종착지에 닿을 수 있다면
돌아와 콤콤한 맛의 내력
홀띠기 식해밥상을 차려볼 작정이다

*횟때기: 포항 사투리
**십오만 년 전 최초 인류의 조상 아담과 이브

3부

한민족의 시원, 북방

하늘이 열리어

땅을 숭배하며 살아온 태백의 토템민족에게
어느 날 하늘이 열리어 땅은 그 태양을 품고
새로운 민족을 탄생시켜 바람과 비구름으로
하늘과 땅의 조화로운 인간세계를 이루니
우리민족 최초의 나라 고조선이다
태양을 숭배한 후손 부여 숙신 읍루 말갈이
땅의 부족들 虎 熊 牛 馬 猪 貊과 피를 섞어
      (호 웅 우 마 저 맥)
여러 종족이 번성하니 부여 비류 발해이다

북방을 잊고 살아온 단절의 세월
우리민족의 정체성마저 동북공정으로
왜곡되고 말살되는 역사의 현장에서
두 눈 시퍼렇게 뜨고
바라볼 수밖에 없는 이 몽매함

여름휴가 내내 낡은 스쿠터로
전국을 떠돌다 상거지가 되어 돌아온 둘째
역마살기질에 못 이겨 객기가 발동한
그 애를 바라보며 혈통의 본색이 저런 것일까
전 세계를 누비는 테크놀로지가
신세대들의 꿈과 희망의 유토피아로 거듭나
지구촌 곳곳에 꽃피울 그 날을 위해
하늘은 스스로 돕는 자에게 열리리니

홀본산성*

어찌 멀리서 바라보면 초록 융단 침상에
구름 한 자락 걸치고 호젓이 모로 누워
낮잠을 청하는 신선의 모습 같기도 하고
다가갈수록 범접할 수 없는 깎아지른
해발 팔백이십 미터에 이백의 절벽바위산
천혜 절묘한 난공불락의 요새라니
이 한 몸 불살라 오르지 않을 수 있으랴
천여 개의 가파른 돌계단을 겨우 올라
마지막 철재난간에 사력을 다하니
신비의 공중평원이 눈앞에 펼쳐졌다

고구려 시조 주몽이 세운 첫 도읍
유구한 세월 한 순간도 멈추지 않고 샘솟는
천지(神聖)의 저수지와 여인들이 물을 긷던
우물에 손을 담그니 찌릿한 이 손맛
선조들의 숨결이 온 몸으로 스며든다
샘터 주변 오솔길에
주춧돌만 남은 궁터와 온돌 주거지
질경이와 잡초들이 한데 어울려

꽃을 피우고 있는 평원을 지나
점장대가 있는 표지석 앞에 섰다
청용이 푸른 물살을 가르며 날아오르듯
광활한 홀忽에 펼쳐진 환용호
철기의 왕국답게 산 중턱엔 꼬불꼬불
열여덟 단의 우마차 길의 흔적
최첨단 문명을 누리며 대륙을 호령했던
고구려의 기상이여

*홀본산성(忽本山城): 수많은 명칭 중에 광개토대왕 비문에 새겨진 명칭

비류수강

동부여왕의 의붓자식인 영특하고 용맹스런 주몽이
왕자들에게 시기와 멸시를 받자 어머니 유화의
권유로 오이 마리 협부 세 친구와 탈출을 했지
이를 눈치 챈 장남대소가 바짝 추격해왔어
비류수강(혼강)에 이르러
"나는 하늘의 신과 물의 신 자손 주몽이다"
라고 외치니 자라와 물고기 떼가 다리를 놓아
추격을 따돌렸다는 전설의 강

홀본산성을 에둘러 흐르는 강 저편
그가 이 기름진 땅에 초막을 짓고 기거하며
변방을 정복하여 나라를 세우니 동방에 길이 빛날
찬란한 문화와 유구한 역사를 지닌 대고구려다
나는 자랑스런 고구려의 후예가 아니던가
오늘도 강 언덕에는 쟁기질하는 농부와
씨 뿌리는 아낙들이 밭두렁에 노니는
아이들을 불러들여 새참을 나누나 보다
강아지도 졸랑졸랑 뒤를 따른다

영웅호걸은 간데없고 강물만 무심히 흐르니
호국영령들의 발자취를 더듬으며
노란 느릅나무가지 끝에 실려 오는 바람결에
황조가를 읊어본다

"翩翩黃鳥 雌雄相依 念我之獨 誰其與歸"*
(편편황조 자웅상의 염아지독 수기여기)

펄펄 나는 저 꾀꼬리 암수 서로 정답구나
외롭구나 이내 몸은 뉘와 함께 돌아갈꼬

*주몽의 아들 유리왕이 치희를 그리며 읊은 시조

동방의 아크로폴리스

　전 방위로 확 트인 아크로폴리스언덕에 우뚝 솟은 파르테논 신전에서 수호신 아테나의 여신이 내려다봤을 도넛 모양의 아테네는 어디서나 올려다볼 수 있지. 아련한 거리의 단층 건물들은 석회석을 쪼아 뿌린 듯, 점묘법으로 그린 한 폭의 아름다운 소통의 도시라면, 고구려 첫 도읍 홀본산성에서 내려다본 세상은 우주의 이치를 깨달아 자연을 숭배하며 살아온 우리 조상들의 지혜와 생존 본능이 하늘에 닿아 사방은 트였으나 숲은 또 다른 요새이며 장대마다 변화무쌍한 세상이 펼쳐지지.

태극정에서 바라본 비류수강은 천혜의 해자요
굽이치는 태극도 너머엔 아련한 환인시가
동문으로 가면 일선천의 절벽바위틈
홀본산성과 홀본성을 잇는 주몽의 비밀통로
환용호의 청용과 혼강(비류수)기슭을 따라 뻗은
호랑이형상을 한 포대산 등줄기 바위산
하늘이 점지한 좌청룡 우백호의 명당자리
수려한 산자락 구름바다 위로 무지개도 떴을 터
명마들이 풀을 뜯는 초원의 들녘을 바라보며
어진 대고구려를 꿈꾸었을 주몽이시여,
그대가 걸어간 이 발자취 우리들 가슴에
역사의 주인이 되게 하소서

오호통제라!

　한반도지도를 펼칠 때마다 가슴이 아린다. 국운에 따라 힘없
는 토끼로 둔갑하기도 하고 대륙의 맹장이라 홀대받으며 견뎌
온 시간들, 앞발톱을 곧추세우고 대륙을 향해 포효하듯 직립의
도약으로 다시 태어난 호랑이지만, 나는 칼자국 선명한 깊은
상처의 고통으로 울부짖는 모습을 가끔 상상한다.

분단의 통증은 여전한데 만주벌 떠받쳐 이고
왼팔을 뻗으면 요동반도 발해만이요
오른팔을 펼치면 동해의 시호테알린산맥이라
육천 리 금수강산 백두대간이 허리가 잘렸으니
어찌 그 비통함을 감출 수 있으랴

그토록 목숨 던져 지키려했던 생명의 근원 땅
하늘을 찌르는 기상과 충정 사랑과 배신
유린과 음해의 피로 물 들었던 광활한 산천은
말없이 청청한데 북방을 버린 가혹한 단죄가
이토록 쓰리다니

매의 눈으로

수직절리로 깎아지른 절벽 바위산
폭포수를 거스르는 연어 떼처럼 형형색색
비사성 점장대를 오르고 있는 사람들
이 황량한 돌산부리를 딛고
봄빛에 고개를 내미는 협곡의 연둣빛 입술

점장대 지붕 난간에 올라
타이머신을 타고 하늘을 날아올라요
서해와 발해만을 한눈에 품은 요동반도 상공
해무서린 황해가 손에 잡힐 듯
황량한 홀忽에 우뚝 솟은 성의 속살이 까칠하네요
돌부리 끌어안고 산비탈 흘러내리는
선혈 낭자한 진달래꽃 무리가 후끈!
전사들의 마지막 체취인양 나는 더 힘차게
창공을 날아올라요

만리장성 밖 도도히 흐르는 요하 강 유역, 우리 고대역사와 빼어난 요하문명을 일궈낸 고색창연한 성들이 눈앞에 펼쳐지고요. 중원의 수많은 왕조들이 흥망을 거듭하며 침탈을 노리는 적들과 맞서 수 천년사직을 지켜낸 웅혼했던 우리 조상들의 삶이 묻힌 이 땅 그대여, 지켜드리지 못하여 고개 숙입니다. 구천을 떠도는 영령들의 디아스포라여, 초록이 깊어가는 요하강변에 새 생명이 깨어나듯 거룩하신 임의 얼을 가슴 깊이 새기렵니다.

무덤 밭

무덤 씨를 뿌린 수천 년의 묵정밭
그날의 영광과 한숨이 덩굴손으로 웃자라
얽히고설킨 상처의 각질 바람에 나뒹굴고
죽어서도 이 땅을 지키려 씨줄 날줄 딱딱 맞춰
흙을 움켜잡은 무덤의 밑동들이
시퍼렇게 살아 가슴을 후려칩니다
내 삶의 반나절이
수천 년의 죽음으로 되살아나
모진 풍파 속 계절이 밟고 지나간 자리
허리 잘린 봉분 머리맡에
토끼풀꽃 한 줌 뜯어놓고 큰절을 올립니다
백두산 정기 이어받은 노령산맥 끝자락
굽이굽이 임의 붉은 피 씻기어 흐르는 퉁구하
선홍빛 흐드러진 고마리꽃이
무덤 밭을 에돌아 흐르는 퉁구하를 만나
임의 귓전에 자장가를 부르오니
임이시여 부디 편히 잠드소서

고력묘자 촌*

끝내 비를 뿌리는 환용호 선착장
스산한 기운이 몰려와 점점 어두워지는 물속
갈수기를 잘못 짚은 유월의 끝자락
그대 죽어서도 수월하게 극락세계 들라고
험준한 산세 피하여 살아생전 발길 들여놓던
비류수 강변에 안식의 집을 지었노라고
혹여 홀본산성이 그대 눈에서 멀어질까
총총히 눈 맞추며 이 땅 지켜주시라고
그대 가시는 길 끝까지 지켜드리겠다고
하늘과 땅이 공존하는 무릉도원을 꿈꾸며
이 땅에 그대의 옥체를 뉘었노라고

망망 호수의 물살을 애면글면 휘저어도
캄캄한 물속 옥체는 찾을 길이 없으니
차라리 청개구리가 되어 그대 영령 앞에
와글와글 떼울음이라도 울어 봤으면
이 땅의 새 주인이 천 갈래 물길을 막아
우리의 역사를 날로 꿀꺽 삼켰으니
이 비통함을 어찌 하오리

*환용호에 수몰된 고구려 초기 무덤 떼

가시밭 꽃길

초록에 연둣빛 끝동이 싱그러운 초하의 계절
웅혼한 장군총이 천하를 호령하고 있었네
아프고 무딘 발길 한 땀 한 땀 내딛으며
가시밭 꽃길을 걸어왔네
아늑하게 감싸 안은 드넓은 충적평원
산 자와 죽은 자가 공존하는 비옥한 이 땅에
노령산맥이 낳은 통구하가 국내성을 에돌아
압록강에 흘러드니 아니 좋을 수 있으랴
잘 가꾼 가로수 아래 갓 피어난 원추리 향이
고향집 담장 밑 꽃소식을 전하듯
작약 모란 진자리 망초 꽃 흐드러져
그 속살 정겨워 가던 길을 잃었네

고구려의 천년사직을 광개토대왕비에 새겼거늘
비 앞에 선 내 행색이 어찌 이방인이 되어
낯선 주인이 차려놓은 밥상머리 뻘쭘한 수저 한 벌
껄끄러운 입안이 소태 같아 발길을 돌리네
우르르 무너져 내린 태왕릉 돌 기단을 올라
휑한 무덤 속 지키는 돌 틈에 철지난 냉이꽃

댓돌 위에 삼지 돈 탈탈 털어 예를 올린 발길들

세종할아버지 모셔다놓고 태왕님께

예를 올리고 돌아서며

국강상광개토경평안호태왕비* 만세!
(國岡上廣開土境平安好太王碑)

*광개토대왕비의 본래 명칭

사신도의* 선율

오회고분5호 정남향의 묘실 문을 열고 들어서자
습기를 머금은 싸한 기류와 널방 벽면을 가득 채운
사신도의 현묘한 기운이 온몸으로 쓰며든다
출입구 좌우 안벽 주작朱雀 한 쌍이 활활 타오르는
불꽃깃털에 화려한 벼슬을 뽐내며 춤을 추는 듯
해와 달의 신을 중심으로 하늘을 날아다니는
오방색 문양의 용들이 빼곡한 천장의 동쪽 벽면에는
경추를 곧추세워 긴 혓바닥을 날름거리는 청룡靑龍이
번득이는 복부 근육질로 간담을 서늘하게 한다
앞발을 박차고 튕겨오를 것만 같은 박진감은
선조들의 웅혼했던 삶의 형상이 아닐까
포효하듯 쭉 뻗은 뒷다리의 보폭이 스피드를 가늠하듯
바람처럼 내달리고 번개처럼 용맹스런 기상을 지닌
백호白虎의 섬세하고 긴 꼬리의 율동감에서
강인한 생명력과 영험한 기운이 가득 차오르고

생명을 관장하는 물 기운의 북쪽 태음신 현무玄武는
뱀이 거북이의 몸을 포물선으로 휘감아
절묘한 한 쌍을 이루는 상상 속 신비의 극치다
이승에서 못다 이룬 생을 천상에서 다 이루시라고
고구려선조들의 예술혼이 살아 숨 쉬는
신비의 긴 여운이 선율로 들려오는 까닭은

*사후 세계 사방위를 지켜주는 우주적 수호신의 상상도

타이푸스치 초원

고도가 느껴지는 초원 타이푸스치로 가는 길
벌써 가슴속에는 백만 개의 별이 쏟아지고
광활한 초원끝자락에 무지개다리가 놓인다

　환영노래와 하다*를 목에 걸어주며 마유주를 건네는 붉고
순박한 얼굴들, 숙소인 게르에서 담요를 들치자 알 수 없는 곤
충 떼가 우르르 튀어나와 한바탕 소동을 벌여도 전혀 개의치
않는 그들만의 일상, 휘영청 밝은 달빛 깊어가는 여름밤의 정
취가 얼마만이던가, 아득한 세월을 저미다 잠이 든 사이 새벽
녘 한기에 깨어 샛별을 보러 나왔지만 온통 안개만 자욱하다.

이슬을 털며 오방색 룽다가 휘날리는
언덕 어디쯤에서 털퍼덕 돌아보니
이대로 여한이 없을 것만 같은
나만의 유토피아 그 속에 내가 있었다
낯 익은 두메부추 꽃 야생 와송들의
달착지근한 눈 맞춤
탑돌이를 하고 목에 둘렀던 하다에
소원을 적어 매달고 나니 어느새
불볕더위가 머리 위에 내리 꽂혔다

*환영의 의미가 담긴 천

빨랫줄 가족사

    궁바오라거* 마을에 들어서자 첫눈에 초원을 가로지르는 긴
빨랫줄에 널린 가족사, 삼대가 거침없이 달리는 기마병답게 좌
우가장자리 호위무사 남정네의 묵직한 바짓가랑이가 펄럭이
고, 손자들 옷가지며 아낙의 앞치마가 중심을 잡고 팽팽히 줄
을 당기고 있는 칭기즈칸의 후예들. 낮술에 취한 네르구이 아
저씨가 마중을 나왔다. 마당에 들어서자 호통치는 아내를 피해
그제야 소를 몰고 구시렁거리는 아내에게 건넨다. 젖을 짜서
치즈 만들 체험프로그램을 진행하는 그녀는 억척스런 여장부
가 분명해 보였다.

집에서도 가축을 돌볼 수 있게 확 트인 유리창
초원이 한눈에 들어오는 넓은 거실
즉석우유순두부와 치즈로 만든 음식과 빵
수태차로 점심상이 차려지고 가족들과 함께
전통복장을 차려입은 그녀가 들어왔다
식사를 나누며 말을 탄 몽골인의 엉덩이에서
나왔다는 마유주 이야기를 들려주며
청중을 웃기는 또 다른 모습의 그녀

중화정책으로 정체성을 잃어가는 몽고반점의
부리야트 오이라트 에벤키 오로치족
그들의 태반이 한민족의 한 뿌리였다지요
옛 러. 중 국경거래에 희생양이 된 조국의 분단
관심도 통일 의지도 없어 보이는 그들의 속마음
몽골제국의 텡그리는 어디로 갔을까

*중국의 내몽골

삼족오의 기적

천상세계 神의 메신저로 탄생한 세발 까마귀는
천손天孫의식의 제정일치祭政一致 시대에 살았던
고대 우리민족이 자연의 섭리에 순응하며
지혜롭게 살아온 샤머니즘의 원형이다
여명이 밝아오면 태양은 어김없이 어둠을 물리치고
세상을 밝게 비추며 삼라만상의 조물주로
생명을 관장하는 위대한 힘을 가진 태양의 神
밤새 그 속에서 잠자던 까마귀는 지상으로 날아와
○ □ △*에게 하늘의 소식을 전하는 조력자다

우리 민족은 상상 속에 생명을 담는 천연의 신비감을
뛰어난 예술혼으로 정신세계의 심볼로 새겼다
태양 속 까마귀는 인간 스스로가 기대고 싶은
태반이 아니었을까
역사와 문화는 세력에 휩쓸려 먼지처럼 날리고
들불처럼 번져서 순환과 격동의 세월을 따라
물처럼 바람처럼 대륙을 넘나들며 흐르다 다시
하늘에 닿으니 찬란한 문명을 꽃피운다 한들
인간의 본성은 하늘에 있음에

*하늘과 땅 사이 인간

맥적貊狄의 내력

어디쯤 수없이 지나쳤을 향 그리고 맛
긴 가뭄 끝에 찾아온 함빡 눈 속에
낯선 이름으로 마주한 구이 한 접시
몽매한 긴 세월 단절의 시그널이
입안 가득한 여운으로 잔을 비운다
태고 적 어느 풀숲에서 해를 따라 웃고
별을 이고 잠들어 하얗게 꽃 피웠을
무심히 밟히고 꺾이며 인류와 공생을
꿈꾸었던 시간들
우리 민족의 유구한 삶 속에
찰떡궁합을 이룬 공덕으로 강물은
너를 품어 키우고 너를 실어 나르며
애환도 함께 실어 날랐던 그 이름
유민들의 가슴에 새긴 두만강
만주와 연해주에 자생하던
수많은 야생 콩 진화에 진화를 더하여
된장의 원조가 돼지를 만나
고구려인들의 삶에 원기를 채워주던
맥적구이와 곡주 한 사발

두만강 달미

우리는 잊었다 잊어야만 했다
날것들은 진실을 외면하지만
장막 속 진실은 기다림의 영웅들이다
초대받지 않은 날것들의 생애
그 끝은 어디까지일까

   두만강 하류 신발을 벗어들고 얕은 물길을 건너면 습지의 비옥한 땅, 달미의 녹둔도에서 논밭을 일구며 연자방아를 돌리고, 바닷물을 끓여 소금을 만들어내던 선조들의 풍요로운 일상. 포시에트 항구의 해류를 따라 솔빈 강을 거슬러 대륙으로 진출하던 발해인들, 달미 앞바다에 천혜의 아름다움을 간직한 후르겔므섬은 옛 선조들의 등대지기였고, 발해의 항로였으며 조선의 관문이었다지요.

선조들이 터전을 가꾸며 살았던 흔적들
검은빛이 되살아난 고구려 양식의 발해 토기
조개무지 놋숟가락 가마솥 장신구들
천 삼백여년 바다 속에 잠들었던 돌 닻
해류의 생태와 스산한 갈대의 바람소리
달미호수에 내려앉은 달빛 여전한데
격동의 세월이 빚은 장고봉전투로* 사라진
하산의 옛 이름 달미

*1938년 소련과 일본 간의 전투

물병 편지

 거센 파도가 밀려오는 포시에트 항구 미네소바 해변, 언제부터인가 파란 띠를 두른 하얀 물병 하나가 에게해의 보드룸 해변 옥빛 바다를 끌어안고 숨진 채 발견된 세 살배기 난민 아일란 쿠르디처럼 모래톱에 코를 박고 엎드린 채 누구를 애타게 기다리고 있다.

 사래 긴 파도가 그를 덮치듯, 러시아 국경 어느 지질역사학자에게 인도된 물병 속에서 돌돌 말린 하얀 종이가 핀셋에 딸려 나온다. 금방이라도 번질 것 같은 잉크, 보름 만에 러시아 국경에 당도한 수취인 불명의 편지 한 통, 예외 없는 경로의 추적 부산이나 강릉 동해 어디쯤에서 해류를 타고 태풍의 흐름을 따라 대한해협을 지나 나산 앞바다를 거쳐 예까지 왔다. 발해 사람들은 해류가 교차하는 틈을 타 여름철에는 북으로 겨울에는 남쪽으로 항해를 했다지요. 지금 대한민국호는 어디로 떠내려가고 있나요?

"북한 동포 여러분,
우리의 소원은 통일된 한민족입니다
우리는 한 겨레 한 민족 한 핏줄입니다
정치적인 이념은 필요치 않습니다
피는 그 무엇보다도 진한 연결이니깐요
이제 손에 손잡고 아무런 사심 없이
만나서 노래하며 마음을 나눕시다
통일된 그날까지 몸 건강하시고
우리는 한 민족이라는 것을 잊지 마시길
부탁드립니다
(첨언) 독도는 우리 땅!

000 올림
2005年 7月 27日"

금령의 땅, 한 뼘

어제 DMZ에서 극적으로 T & K가 손을 맞잡고
금령의 문턱을 넘나들었다 유희를 하듯
육십 육년만의 일이다 실로 그들은
허리가 잘린 채 목숨을 부지하고
산다는 게 어떤 것인지 알고나 있을까

살길을 찾아 무작정 올라온 전후세대들
서울역만 스쳐도 울컥,
끔직한 상상력을 총 동원하곤 했다

갑자기 대전 어디쯤 허리가 잘려
그물에 걸린 밴댕이처럼 제풀에 파르르
숨통을 조를 것만 같은
삶의 갈피마다 맨살이 드러나던
멀고도 허허로운 벌판을 지나
세월이 약이 되어
초고속으로 달려온 삶의 무게들

백두산 천지 제5호경계비와
제6호경계비를 빨랫줄로 가로지른 국경선
꽝꽝 얼음 위의 북녘 땅을 밟고서
큰절을 올리는 저 남자의 거친 숨소리가
우리들의 가슴에 강 건너 봄이 오듯*
진정 평화의 봄이 오기는 오는 걸까

*송길자 시/ 임긍수 곡 '강 건너 봄이 오듯'

다시 백두산에 올라

발해의 혼이 살아 숨 쉬는
광활한 만주벌판
압록강이 범람하여 천신만고 끝에
구름 위를 내달려
이천오백고지를 내려섰다
빗줄기와 우박이 돌개바람으로 덮쳐
순식간에 구름이 걷히더니
숨통을 조이는 땡볕은
지옥문 앞에 서있는 초죽음이다
언감생심 천문봉에 올라서니
천지의 속살이라
조상 대대로 닦아온 공덕의 환희일까
사계를 통째로 품은
짧은 조우의 천상화원

장엄하고 변화무쌍한 수직기후의 생태가
북방역사의 굴곡진 결을 한 몸에 품고
장군봉과 백운봉이 마주하는
천지의 몹쓸 국경선, 쓰리는 아픔도 잠시
영험한 신비의 지세가
또 다른 지상낙원으로 점지되어
새로운 밀레니엄을 창출할지
한 순간에 블랙홀로 변신하게 될지
백두산의 내일은 신의 영역이므로

천지 빛깔이시여

줄지도 넘치지도 않는 백두산 천지
열여섯 수려한 봉우리에 감싸여
깊고도 오묘한
저 물빛의 칼데라여,*

삼라만상이 나고 드는 신령한 자태
지구생명의 기원祈願을 향한
오롯한 정한수 한 사발

달문으로 마실 나간 비룡폭포
이도백하를 탯줄 삼아
송화강을 낳은 어머니 천지시여,

천태만상의 기후를 수태하여
잔잔하고 신비스런 물빛을 빚어
하늘에 올리는 장엄한 제사

*화산에 의한 호수

4부

아버지의 레퀴엠 · 사돈의 나라

투구 꽃을 아시나요?

사할린 코르사코프 최남단
망향의 언덕에서 바라본
망망대해의 아니바만은
그날의 절규를 잊은 채 시린 물결 위로
유유히 떠다니는 뭉게구름들
봇짐을 이고지고 남쪽바다를 바라보며
통한의 애간장을 끊어내던
유민들의 환영이 해무 속으로 피어날 뿐
끝내 오지 않는 배를 기다리다
굶어죽고 얼어죽고 미쳐죽은* 이 절벽
로마병정의 투구를 쓴 어둠의 요정이
매혹적인 보랏빛 입술로
왜정에 버림받은 영혼들을 호객하던
맹독성을 지닌 꽃

해방된 조국, 감격과 그리움에 피멍이든
영혼에게는 극단적 달콤함이
어머니의 품속 자장가였을지도
그들에게 국가란 무엇이고
조국이란 무엇이며
또 역사란 무엇이었더란 말인가
그들은 어떤 생生을 각인하며
이 절벽에서 투구꽃 한입 베어 물고
깊이 잠들었을까

*망향의 언덕 추모비문의 일부

사선을 넘어서

몰락한 조국의 격동기를 태반으로
이 세상을 노예처럼 살다 가신
당신의 일그러진 청춘의 그림자가
어린 제 가슴에 비수로 꽂혀
녹슬고 쓰라렸던 긴 세월
당신이 생의 끈을 놓아버린 그쯤에서야
그것 또한 사랑이었음을

사랑받고 보호받아야 할 어린 나이
생모를 잃고 남모르는 설음에 찌든 당신
삼대독자 옥동자는 허울뿐이었다지요

객지로 떠돌다 만주로 강제징용 당해
사선을 넘나드는 모진 고통
온갖 치졸한 핍박에 귀머거리
일자무식 행세를 하며 버텨온
아픈 생의 유전자가
당신의 혀끝에서 변이된 독설

올망졸망 열한 식구 입에 풀칠하느라
밤마다 당신의 등골 휘어지는 소리
그 앓는 소리가 버거웠던 시절
강둑에 서면 어디론가 달아나고만 싶었던

메꽃이 피었디더

그토록 아리고 아팠던
당신의 청춘이 소각된 이곳 만주 땅
먹먹한 가슴 저미며 봉호동전적지 가는 길
사방천지 쑥대밭 풀섶에 지천으로 핀
메꽃 속에 당신이 피었네요

초근목피 구하러 당신을 따라나선 보릿고개
달착지근 아린 메꽃뿌리로 허기를 때우던 날
복통에 시달리는 제게 내민 당신의 손
터지고 불거진 뼈마디가 아버지라는 걸

엄마가 되고 할머니가 되고서야
악착을 부리는 제 모습에서
아버지를 읽습니다
평생 일밖에 모르던 당신의 등골에
숭숭 찬바람 들이치는 줄도 모르고
제 손톱 밑 가시만 보았던

밤마다 끙끙 앓는 당신의 가슴앓이가
장송곡처럼 무섭고 싫었던
내 유년의 자동플레이회로가
이 땅에 통한의 피눈물로 끌려다녔을
악몽 속 당신의 절규였다는 것을
아부지요,
오늘은 메꽃이 참 곱게 피었디더

감자칩 속에도

눈을 감으면 더욱 가까워지는 언덕
손끝만 달싹거려도 혀끝에 녹아드는
이 고소한 맛
보랏빛 대궁으로 탄수화물을
실어 나르던 줄기와 잎새들

무덤가에서 삐삐를 뽑으면서도 내내
들판을 달리는 기적소리에도
자꾸만 목이 메이던 시절
소출이 많이 난다고
자주감자를 고집하시던 아버지
씨눈을 자를 때마다
어머니와 입씨름하시던

그 알싸한 생을 살다 가신 당신께
오늘 잔을 올립니다
아리고 아린 자주감자 먹던 가슴으로
어제 같은 오늘이 감자칩 속에도
지문처럼 살아있습니다

추녀 끝 아궁이

비바람 들이치는 추녀 끝 아궁이에
찬바람 달래가며 생솔가지 활활 태워
군불 지피던 당신의 메케한 눈물

한평생 허기졌던 당신의 밥상
차진 햅쌀 고봉밥에 진수성찬 차려놓고
풍수지탄風樹之嘆*으로 절을 올립니다

잔불에 감자 굽던 당신의 살 냄새가
촛대 위에 가물가물 흔들립니다

한 줄기 바람조차 견디지 못하고
거친 생소리로 살아온 지난날의 상처들
당신이 비운 이 자리에 서고 보니
떨리는 문풍지에도
당신이 그립습니다

*효도 못한 자식의 탄식을 비유하는 말

사돈의 나라

거칠게 저항하는 제트기류와 맞서
내몽골 초원을 가로질러
고비사막을 지나
설산에서 흘러내린
천산산맥의 붉은 정맥들이
꽈리처럼 부풀어 협곡을 이룬
그 어디쯤을 날고 있다

역사의 소용돌이에 희생된
고려인들의 유배지
우즈베키스탄으로 가는 길
천년고도 부하라
옛 실크로드의 도시에서
전통혼인잔치에 혼주가 된
긴 여정의 패러다임이다

우리 유민들을 기꺼이 품어
함께 고통을 나누고
새로운 세상을 열어간
그 민족과 혈연을 맺은 신의 가호가
봄비 속 앵초꽃처럼 붉다

타슈켄트에서 다시
부하라로 향하는 사랑의 고속열차가
끝없는 스텝을 내달린다

마이나의 노래

처음 사돈네 마당에 들어서던 날
아름드리 고목 한 그루가 가슴에 꽂혔다
이웃과 나란히 지붕을 덮은 초록이
메마른 기운을 축이는 오아시스다
밑동의 좁은 통로를 사이에 두고
선조의 두 형제가 대대로 이어온
삼백 년 묵은 고택의 수호신 뽕나무
연둣빛으로 익은 오디가 달달하니
직박구리도 종다리도 아닌
검은머리 노랑부리 새 떼가 날아와
요란한 아침식사를 한다
체중이 실린 오디가지가 출렁일 때마다
날개 죽지를 파닥이며
흰색 패취의 매력을 뽐내는 마이나*

한바탕 분탕질을 하고나면
아침상을 물린 스카프의 여인들이
뽕나무 그늘로 모여들어 홍차를 나누며
주저리고사리 일상을 노래하지만
언어의 절벽에 서있는 나를 지탱케 한 새
그곳의 모든 이들의 언어가 내게는
마이나*의 옹알이로 들릴 뿐이다

*구관조의 일종

수코크의 아이들*

길 잃은 바람이 눈을 감고 잦아드는
천산산맥 끝자락 수코크계곡 어디쯤

아직도 발이 시려
뿌리내리지 못한 늙은 아이들
그 무엇을 딛고서야
오독하니 올라선
얼굴 없는 아이들이
어른이 되고 노인이 되어

죽은 자만이 갈수 있는 푸른 고향
저승길에도 봇짐을 이고 지고
달을 향해 떠나가는 영혼들의 행렬
그 아이들과 함께 자라고 함께 늙어
지구를 이탈한

가슴속 고향으로 떠난 당신
타슈켄트 칠란자르묘역에 잠든 당신을
흔들어 깨워줄 이가 아무도 없어
뭉게구름 사이로
푸른 하늘만 올려다봅니다

*고려인 신순남화백의 묘역에서, 그의 그림을 떠올리며

부하라에서 경주를 맛보다

옥빛하늘 뜨악한 햇살, 낙타 젖으로 빚은 흙벽돌
옛 실크로드의 오아시스에서
초행과 신행을 치르며 맞닥뜨린 그들의 눈빛
친근한 몸짓으로 전하는 풍습과 예절
어릴 적 할머니 치맛자락에 매달려
새색시 꽃단장을 빼꼼히 훔쳐보았던 기억들
우리네 순수전통혼례잔치를 이곳에서 맞다니

고대 실크로드를 주름잡고 대륙을 지배했던
페르시아 복식 카프탄에 터번 쓴
소그드인 토우가 경주에서 출토되자
소그디아 왕족의 온씨 성을 가진 바보 온달과
태종무열왕의 호위무사였던 온군해
고구려 벽화 씨름(꾸라쉬*)총 서역인을 닮은
처용이가 용맹과 포용의 아이콘으로 떴다

사막의 길잡이 칼란 미네레트 첨탑의 위용에
첨성대가 비견되고
라비하우스 연못가에서 안압지를 떠올리는 까닭은
웅혼했던 부하라왕국의 천년 요새
아크성을 지나칠 수가 없어서다
칼란 모스크 수십 개 아치기둥을 더듬으며
침묵의 목젖에서 전율되는 코란의 독경소리
불국사 석굴암의 일주문 들어서는 듯

우리는 아스달에서 지중해와 태평양으로 뻗어
대륙을 아우르는 알타이 민족의 숨결
그 유구한 인류역사의 주인공들이다

*씨름 비슷한 부하라 무예

사랑의 비결
—Nilu에게*

물길을 찾아 떠나온 수만 리
고단했던 너의 시간들
메마른 태반의 땅, 아득한 그리움이
때론 독이 되고 밥이 되어
물길의 법칙을 따라
진흙탕에서 건져 올린 천년 묵은
종피파상의 연꽃씨 한 알
살을 에는 상처의 고통을 견뎌야
비로소 싹이 트고
뿌리를 증식하는 태생적 생리가
혼탁한 세상에 물들지 않고
단아하고 순결한 꽃으로 피어나
향기로운 세상을 꿈꾸는 너의 모습
붉은 입술 까만 눈동자로 꽃피우던 날

너의 눈물과 땀방울이

물안개 피어오르는 호수가 되어

백조들의 군무가 너를 반기니

연잎에 물방울 구르듯

또르르 네가 웃고 있었네

천년의 세월 그 어디 쯤

전생에 너와의 인연이

깊고 어두운 통로를 지나

내 허름한 날개 죽지로 너를 품어

혈육의 정으로 거듭 태어났으니

우리 함께 마이나의 언어로

사랑을 노래하자구나

*연꽃이란 이름

해설

민족혼의 발견과 기행시

채수영(시인, 문학비평가, 문학박사)

1. 어디로 갈까

인간의 운명은 정지태가 아니라 움직임을 통해 어딘가로 지향점을 갖고 운명을 개척한다. 다시 말해서 하루 또한 여정의 길이고 일생도 그런 여행을 멈추는 것이 아니고 떠남과 다시 돌아옴의 궤도를 결코 이탈하지 않는 생을 영위한다. 그렇다면 표랑(漂浪)하는 존재가 아니라 멈춤과 떠남이 반복하는 중심에 '나'라는 존재의 근간이 있을 때, 그 여정은 보람을 얻을 수 있을 것이다. 이를 위해서는 내가 누구인가를 알고 천착하는 정신 활동이 있을 때, 비로소 깨달음의 길이 밝아질 수 있을 것이다. "별처럼/바람처럼/제자리로 돌아와/다시/길을 묻는다"의 서문은 이미 생의 깊이를 체험한 시적 발상이 돋보인다.

인간의 역사란 무엇인가? 수없이 많은 학자들이 이 질문 앞에 저마다의 의견을 제시했지만 결국 답안은 인간의 이야기 혹은 싸움의 이야기, 더 깊게 각론으로 들어가면 승리자의 독선적인 이야기 등 많은 분류가 파생하지만 결국 인간의 이야기라는데 귀착점을 갖게 된다.

인간은 스스로가 만든 역사 속에서 생멸의 길을 취택하고 또 발자취를 새기면서 의미를 만들어 후손에 전달한다. 더러는 승리의 화려한 역사도 있을 것이고 또는 비극적인 사실도 있을 것이다. 여기서 개인은 역사 속에서 지대한 영향을 받으면서 기록으로 자화상을 파묻는다.

우리의 근대사는 비극의 중심에서 참혹한 개인사를 가지고 있다. 국가가 지켜주지 못한 개인의 아픔은 이국에서 누대에 걸쳐 망향의 노래를 부르고 있기 때문이다. 일제 치하 독립이라는 명제를 실천하기 위해 만주 벌판이나 상해 혹은 블라디보스토크에 거점을 마련하여 저항의 칼날을 갈았지만 나라 잃은 고통을 온몸으로 받으면서 아픈 기록의 역사가 만들어졌다.

서글픈 고려인이라는 이름에는 한 많은 역사의 자취가 얼룩진 비극의 실타래였다. 이제 그 구체적인 흔적을 찾아 나선다.

1996년에 소한진이 주도한 발간한 〈문예한국〉에 김경린의 추천으로 등단한 정숙 시인의 기행시에는 이국에서의 눈요기 찬탄보다는 우리 한민족의 자취를 바라보는 시선이 시종여일하게 애국적인 근간을 형성하고 있다. 흔히 기행문은 낯선 감정에 들뜨는 실체를 간과하는 경향이 대부분이지만 정 시인의 기행에는 이국의 아름다움의 이면에 담긴 우리의 역사적인 현상을 꺼내오는 창고지기의 역할이 새롭다는 점이다.

2. 역사와 인간

1) 아버지의 어깨

전통적으로 아버지의 이미지는 강인하고 또 가족을 지키는 울타리의 상징이 있을 뿐만 아니라 가족의 안위(安危)를 책임지기 때문에 항상 고통의 강을 건너는 의지의 모습을 떠올린다. 평화로울 때 아버지의 역할과 위기에 당면했을 때의 아버지는 굳건한 믿음이라는 성벽을 연상시킨다. 물론 아버지의 기능과 어머니의 맡은 일은 다르기에 상호 의존적으로 가정을 이끌 수 있게 된다.

> 그토록 아리고 아팠던
> 당신의 청춘이 소각된 이곳 만주 땅
> 먹먹한 가슴 저미며 봉호동전적지 가는 길
> 사방천지 쑥대밭 풀섶에 지천으로 핀
> 메꽃 속에 당신이 피었네요
>
> 초근목피 구하러 당신을 따라나선 보릿고개
> 달착지근 아린 메꽃뿌리로 허기를 때우던 날

복통에 시달리는 제게 내민 당신의 손

터지고 불거진 뼈마디가 아버지라는 걸

……(중략)……

밤마다 끙끙 앓는 당신의 가슴앓이가

장송곡처럼 무섭고 싫었던

내 유년의 자동플레이회로가

이 땅에 통한의 피눈물로 끌려다녔을

악몽 속 당신의 절규였다는 것을

아부지요,

오늘은 메꽃이 참 곱게 피었디더

「메꽃이 피었디더」에서

　메꽃과 아버지의 상관이 상징의 고리로 이미지를 구축한다. 고난의 시절을 지나면서도 가족을 지키기 위해 신산(辛酸)한 통증을 감내하면서 묵묵히 지나온 세월 속에는 우리가 짊어진 역사의 무게가 아버지의 어깨를 짓누르는 아픔- 그 고통을 감내하면서 가족과 민족혼을 지키는 수문장으로의 역할은 결국 해외 이주사의 근간을 형성한 진원이었으니 그 신음을 잊고 산천에 메꽃으로 누워있는 '오늘은 메꽃이 참 곱게 피었디더'라는 감탄사에서 처연한 감회를 불러온다.

　흔히 기행문은 독자로부터 외면을 당하는 일이 많다. 이유는 읽는 사람이 흥미를 유발하지 못하고 작가의 일방적인 감상을

들어야 하는 일은 고역이기 때문이다. 그러나 낯선 이방에의
실상을 실감 나게 전달하는 이면의 통찰이 요구된다. 다시 말
해서 독자와 작가가 혼연일체가 되는 공통의 광장을 만드는 사
고의 문제가 필요하다면, 정숙 시인의 기행은 낯선 땅의 단순
한 전달이 아니라 역사의 깊은 숨소리를 꺼내 들려주는 점에서
남다르다. 풍경이나 경치의 감탄이 아니라는 데서 맛깔이 숨겨
있다. 풍찬노숙의 독립운동의 자손들이 낯선 땅에서 어떻게 뿌
리를 내리고 고통의 강을 건너는 진원—아버지 또한 그 중심에
있는 사고의 영역을 천착(穿鑿)한다.

눈을 감으면 더욱 가까워지는 언덕
손끝만 달싹거려도 혀끝에 녹아드는
이 고소한 맛
보랏빛 대궁으로 탄수화물을
실어 나르던 줄기와 잎새들

무덤가에서 삐삐를 뽑으면서도 내내
들판을 달리는 기적소리에도
자꾸만 목이 메이던 시절
소출이 많이 난다고
자주감자를 고집하시던 아버지
씨눈을 자를 때마다
어머니와 입씨름하시던

그 알싸한 생을 살다 가신 당신께
오늘 잔을 올립니다
아리고 아린 자주감자 먹던 가슴으로
어제 같은 오늘이 감자칩 속에도
지문처럼 살아있습니다

「감자칩 속에도」

한 알의 감자가 낯선 땅에서 생존의 방도로 선택된 작물— 역사의 흔적이 아픔을 자아낸다. 소출을 많이 올려야 자식들에서 배불리 먹일 수 있는 필요의 목록이었을 때, 아버지의 마음에는 오로지 자식과 식솔들을 위한 헌신이 눈물겹다. '알싸한 생'과 어머니의 다툼에서 번지는 풍경에는 아리고 아린 시절의 파노라마가 밝은 햇살에 사라지는 허무의 환영처럼 아득하다. 우리는 그런 고통의 언덕—보릿고개라는 높은 산을 지나올 때, 고통을 어깨에 짊어진 무게를 감당한 아버지의 역할이 눈물 그 자체라는 뜻이다. 회상의 길의 선두에 아버지의 형색이 보이고 그 뒤 따라 어머니와 자식들을 이끌고 오로지 삶이라는 언덕을 기어오르던 시절의 단면이 돌아보아 눈물겹다.

2) 강제 이주
역사는 항상 돌아보는 길이 넓다. 그러나 백성들의 역사는 국가가 책임져야 할 일이지만-세금을 내고 국방을 의무로 아는 한, 국가는 개인에 보호의 의무가 있지만, 근대사는 이런 국가는 없었고 여기서 비극의 개인사는 유랑의 길을 터벅이는 일이 벌어졌다. 물론 일제 침략에 저항의 발길이 독립운동이라는 간판 아래 간도나 만주 혹은 블라디보스토크로, 거슬러 올라가면 1861년 무렵엔 제정 러시아 영토인 연해주나 우수리 지역으로 두만강을 건너 여름 내내 농사를 짓고, 가을이면 귀향하는 품팔이꾼 이민으로 시작된다. 이런 흔적에는 참혹한 때를 겪어야 했고 급기야 스탈린이 일본의 첩자 노릇을 한다는 이유로 1937년 하루아침에 화물 기차에 강제로 실리워 타슈켄트 알마아타 등으로 이주의 마지막 길을 견디는 일은 고난의 연속이었고 살아야 한다는 명제일 뿐 미래는 암담한 처지-몸은 러시아에 있지만, 마음의 지향은 고려-한국으로 향하고 있었다.

1920년대 초 소·만 국경지대에는 많은 독립군이 있었으니 〈대한독립군〉, 〈대한신민군〉, 그 후 다시 〈대한독립단〉이 조직되었고, 그 이후 1979년 소련에 사는 한인은 소련의 110 소수민족 가운데 한인은 38만 8천700명으로 65%가 투르크맨, 우즈백, 카자흐, 키르키즈 거주하고 있다고 기록하고 있다. 본인은 소련과 수교 이전 1988년 독일에 유학하고 있던 학자의 도움을 받아 당시 소련에 거주하면서 〈레닌 기치〉에 글을 쓴 우리나라 사람들의 문학 발췌본을 입수, 고려인의 작품을 소개한 〈치르치크의 아리랑〉이라는 제목의 책을 발간한 적이 있다.

神은 선물을 고통의 보자기에 싸서 보낸다지요. 일제강점기 전쟁과 기

132

근으로 사할린 동포와 고려인들은 국적이 일곱 번이나 바뀌는 설움과
비애에 맞서 오늘도 유랑의 세월이 진행형이다. 일곱 번씩 일흔 번의
용서를 아리랑으로 삭히며 수없이 응어리진 고개를 넘고 또 넘는다.

「아리랑 고개」에서

국적이 7번 바뀐다는 것은 비극의 중심을 생각한다. 낯설고
초라한 민족의 설움이고 한이 맺힌 민족혼이다. 이들을 위해
우리는 무엇을 했는가? 1928년 M.L당 사건에 연루되어 간도
로 가려다 소련 원동으로 거처를 정하고 소련 이민 문학의 길
을 개척한 소설가이자 시인으로 스탈린 치하에서 신음하다 세
상을 떠난 조명희론을 쓴 바 있다. 단편 〈낙동강〉은 조명희의
작품이다.

빼앗긴 조국, 통한의 눈물로 끌려갔던 이 철길
몇 날 며칠을 달렸을까
사방천지 낮게 드리워진 먹구름과 바람뿐
시린 강줄기가 밤안개 속으로 사라지고
적막한 밤공기를 가르며 달리는
철마의 발굽소리에 욱신거리는 가슴 끌어안고
잠 못 드는 긴 여정
슬픈 짐승처럼 엎드린 낡은 마을 외딴 곳에
빤한 불빛이 가물거린다

만주로 끌려갔던 내 아버지 무덤 속 같은 저 불빛

혹여 까레이스키가 살고 있는 오두막은 아닌지

날이 새자 대지는 잔설을 녹여 밑동을 축이고

봉긋이 새순을 밀어올리고 있었다

「횡단열차」에서

참혹한 민족혼의 체취를 느끼는, 횡단 열차에 탑승하여 비극의 상상론이 위로를 주고 있다. 하루아침에 생활거점을 접고 끌려간 낯선 땅에 다시 뿌리를 내리는 억새는 잡초의 혼이 부활의 손짓으로 살아 오른다. '봉긋이 새순을 밀어 올리고 있었다'. 라는 표현으로 위로의 언사가 밝아진다. 여행은 결국 역사의 이면에 담긴 진실을 캐내는 임무라면 정숙 시인의 기행은 단순한 역사탐방이 아니라 우리의 역사에 아픔을 복원하여 미래의 희망으로 환치(換置)하려는 발심에서 가치가 빛난다. 흔히 지나가면서 관광의 즐거움을 만끽하는 일이라면 주마간산의 눈요기에 불과한 이유가 기행문의 실패를 불러오지만 정 시인의 기행은 교훈적인 가치와 역사의 지식을 공유하는 점에서 두드러진다.

3) 고향 지향(志向)

비록 텅 빈 고향일지라도 거긴 어머니의 인자(因子)가 숨 쉬고 있어 항상 돌아가고 싶은 마음이 발동된다. 기실 고향을 떠나 다시 찾아가도 낯설고 냉랭하기 그지없다 해도 고향이란 말에는 애절한 마음이 담겨있다. 이런 인자(因子)는 무엇일까? 어머니의 사랑처럼 은근하고 깊은 맛의 정이 있다고 믿기 때문이다. 떼려야 뗄 수 없는 감정의 깊이를 가지고 항상 수구초심(首丘初心)의 생각이 떠나지 않을 때, 고향은 또 다른 어머니의 감정과 등가(等價)를 형성한다. 또 하나는 현실의 공간에 삶이 고달플 때는 위안의 공간이 고향일 것이다. 아마도 두 가지의 개념이 복합적으로 작용하면서 삶의 지평을 넓혀가는 사람의 심리에는 떠나지 못하고 가슴 밑바닥에 맑은 물로 고여 있는 것이 고향의 정서라면 당연히 이국에서 신산(辛酸)한 삶의 신음을 위로받고 싶은 지향의 마음이 고향정서일 것이다.

초원의 푸른 눈 항카호를 바라보며
시호테알린 산맥을 낀 엘도라도의 땅
국운의 훈풍이 비켜간 자리
하늘이 맞닿은 이 드넓은 대지에
이념과 민족을 뛰어넘는 새로운 세상의
르네상스를 꿈꾸는 고려인들의 후예

또 다시 국적을 상실해버린
이데올로기의 해체에
생존을 위한 비루함의 여정을 접고
빈털터리로 식솔들을 끌고

조상의 뼈가 묻힌 이곳으로 돌아왔다

「회귀」

  연어의 습성도 인간의 경우처럼 원점으로 돌아갈 것을 한사코 염원하면서 죽음을 불사하고 물살을 거슬러 오른다. 그리고 그곳에서 안식을 맞아 편히 죽음의 길을 선택하는 장엄한 뜻은 인간의 경우와 다름이 없다. 물론 연어뿐이 아니라 모든 짐승 또한 회귀의 본성이 잠재되어있지만 약간의 차이가 있을 뿐 동일성은 모두 일치한다. 나라 잃은 백성의 표랑은 안주의 공간이 없고 항상 이방인이라는 딱지에는 슬픈 눈물이 마를 날이 없었다. 국가가 없으면 비극은 그날로 시작된다는 증거를 눈물과 고통스러운 일상으로 남아있을 때마다 고향의 정서는 더욱 배가 된다.
  이국에서 즐겨 부르는 아리랑이 가락을 타는 이유도 고향으로의 염원을 압축한 상징이다. '또다시 국적을 상실해버린'의 절망은 일순에 모든 것을 물거품으로 만든 참혹한 현실 앞에 눈물도 사치일 것이다. 이리하여 '생존을 위한 비루함의 여정을 접고 /빈털터리로 식솔들을 끌고 /조상의 뼈가 묻힌 이곳으로 돌아왔다'는 고백에는 눈물 어린 탄식이 담겨 있지만, 절망은 또 다른 사치이기에 우선 살아야 한다는 명제를 위해 악착한 영혼을 불태운 고려인의 후손들이다.

인물 좋은 돼지머리가 고삿 상에 올랐다
웃고 있는 돼지 입에 지폐를 물리며
—자, 한 잔 드시고
올 유기농메주 된장 차가버섯청국장
대박을 기원합니다

미하일로프카 우정마을 주민들이
돌아가며 돼지코를 쓰다듬고
땅에 엎드려 큰 절을 올린다

칠십년 만에 콩心으로 돌아온
연해주 고려인 후손들
선대가 피땀으로 일구어 놓은 이 땅에
다시 뭇 생명들이 살아 숨쉬는
낙원을 꿈꾸는 그들

유라시아토양과 섭생을 닮은 검붉은 얼굴
불굴의 튼실한 팔뚝과 넓은 어깨너머로
잡초와 함께 야생으로 자라는 끝없는 콩밭
어린 손자 아르또르와 아르촘의
똘망한 눈빛 속에 익어가는 메주콩이
텨투쉬카들의 내일이고 오늘이다

「꿈 팔이 텨티슈카」

137

고향의 맛은 변하지 않는다. 이런 전통은 고려인들의 습성을 고스란히 간직하고 살아간다. 고향의 명절을 지키면서 사는 일도 그렇거니와 음식의 조리방법이나 모든 생활 습속을 그대로 유지하고 따르는 일이 대대로 면면히 이어진다. 유랑하고 떠돌이 운명에 저항하면서 살아도 좀처럼 변하지 않고 전통을 유지하는 일이 자랑으로 남아있다.

이처럼 끈질긴 정신의 유지는 결국 떠나지 않는 고향의 정서를 상징한다. '돼지머리에 고삿 상'이 이국에는 있을 리 없을 것이고 된장, 청국장이 그렇다면 우리 민족의 식습관을 계승하고 이어가는 것은 고향 회귀의 정서로 충분히 설명된다. 끈질긴 정신의 타임캡슐인 셈이다.

4) 연어와 인간의 생존방식

인간은 어딘가 돌아가려는 본능이 있다. 그것이 고향이라는 점에서는 연어와 여타동물도 같은 점을 구유(具有)한다. 그렇다면 왜 현재의 삶에서 굳이 고향으로 돌아가기 위해 험난한 여정을 선택할 것인가? 이는 본능이라는 점으로 설명이 가능할 뿐 다른 이유를 찾을 수 없다. 물론 돌아가는 길에는 엄청난 위험이 도사리고 있음—곰이나 낚시의 먹잇감이 되는 위험을 무릅쓰고 태어난 공간을 찾아가는 것이나 그곳에서 알을 낳고 편안히 죽음을 선택하는 것 또한 계산 없는 본능으로 설명이 가능할 뿐이다. 인간 생존방식 또한 죽으면 고향 땅에 묻히는 염원을 타매(唾罵)할 수 없는 일이다. 죽어서까지 고향의 선산에

뼈를 묻겠다는 생각은 자기의 근본으로 환원하려는 또 다른 영주(永住)에의 꿈인 셈이다.

한생을 다 바쳐 저장한 지방과 근육으로
산란을 치르는 사생결단의 사랑법
오직 죽기 위해 태어난 목숨들처럼

부모 등골 빼먹는 게 자식이라지만
그 등골 다 내어주고도
뒤가 당기는 어미의 속내
허연 배를 까뒤집어
남은 살점마저 내어 주어야
다시 살아나는 생

물살에 떠밀려 분해된 뼈마디 간데없지만
한줌 햇살 더해 조류를 키워내고
다시 큰 바다로 나갈 꿈을 키울
새끼들의 밥이 된다
엄마 아빠가 그랬던 것처럼

「연어, 그 사랑법」에서

부모는 자식을 위해 모든 것을 바친다. 이와 같은 일방적인 사랑에는 절대의 명령처럼 엄숙하고 비논리적인 사랑 이외에 설명의 방도가 묘연하다. 자식을 위한 마지막 소명을 다한 뒤에 '분해된 뼈마디 간데없지만' 그 정신은 빛나는 이유를 설명하고 있기 때문이다. 이런 예는 인간의 경우와 다름이 없는데 찬탄이 나온다. 이기적인 것이 아니라 오로지 희생의 엄숙함이 전부이기 때문이다. 사랑에는 논리가 끼어들지 않는다면 죽음을 불사하고 모든 것을 산화하는 생명의 소진은 위대한 정신의 기저(基底)가 빛나는 에너지로 작동될 때, 가능한 설명이다. 결국 인간은 자식을 위해 마지막 헌신의 길을 선택하는 일이 연어의 운명과 궤도를 같이한다는 정서 본능의 귀환인 셈이다.

5) 숲의 깊은 의미

모든 사물은 두 가지의 의미를 함축하고 있다. 그러나 어떤 것이 긍정적인가의 문제는 선택적인 사실이다. 숲을 바라보면 푸른 녹음의 시야가 펼쳐지지만 가까이 바라보는 인상과 멀리 보는 실상은 다르다.

숲은 어둠의 공간이다. 이는 부정의 이미지인 어둠이 아니라 모든 생명을 안아 키우는 포용적인 어둠―어머니 태내(胎內)의 생명과 같은 이미지이다. 먼 숲은 갈맷빛을 띠고 있지만 가까이 다가가면 푸른 시선으로 사로잡는 숲의 풍경은 아름다움을 일렁이면서 정신을 휘어잡는다.

미국의 삼림 시인 소로우는 숲에서 생명의 신비를 체험했고 혼자서도 살아갈 수 있다는 증거를 표현했다. 산은 숲의 고향이고 숲은 인간을 안아 키우는 일을 마다하지 않는다. 모든 생명이 숨 쉬고 거기서 인간은 필요 한만큼의 물목을 확보하여 건강을 지킨다.

　미국의 시인 프루스트는 '이 숲이 누구의 숲인지 알 듯도 하여라'로 시작한 「눈 내린 저녁 숲가에 서서」를 썼다. 또 A. 윌슨은 '숲엔 온갖 것이 가득 차 있다'는 탄성으로 숲의 이미지를 신성화했다.

　고요한 숲속 아침 어디선가 비비새 울음소리
　처음 세상 구경 나온 아기가 안개 속으로 걸어가요
　새소리를 따라가고 있나 봐요
　길가에는 에델바이스와 제비꽃이 아침 해를 맞아
　이슬을 털어내는군요
　아기의 시린 발등도 곧 따뜻해지겠죠
　풀밭에서 할미꽃을 만났어요
　두 손으로 꽃잎 감싸며 옹알이하네요

　─함니, 비비새 어디쩌?
　나 그리로 데려다죠
　폴짝,
　하이든소나타의 경쾌한 리듬으로 걸음을 때는 아이

안개가 걷히고 햇살이 고개를 내밀어 아이를 맞아요

나풀나풀 오솔길을 따라 언덕을 오르네요

저런, 내리막에서 나동그라졌어요

툭 털고 일어나는군요

큰 바위 지나 아기진달래가 피어있는 돌무덤

탐스런 꽃대 하나 꺾어 머리에 꽂네요

하얀 원피스 자락이 흰 나비 같아요

「숲속의 교향곡 1」에서

　마치 숲의 동화 한 편을 바라본다. '깊고도 오묘한 신비가' 잠들어 있기도 하고 생동하는 초목들이 꿈을 펼치듯 손을 위로 올리고 말을 하는 듯한 숲의 이야기는 끝을 모른다. 신이 심은 나무들은 저마다 하늘을 향해 기도를 올리고 신성한 숲의 바람이 골목을 지나듯 길을 가는 길에 눕는 숲의 모습은 환상적인 풍경으로 다가든다. 숲이 없다면 비비새는 어디서 잠을 자고 모든 새들은 안식처를 어디에 마련할 것인가. 어머니의 품이고 여기서 꿈을 꾸고 별들을 세는 안식의 깊이에 물소리는 어김없이 흐름을 갖고 강을 찾아가고, 다시 바다로 진로를 향할 때 숲의 이름은 신의 거주처요 생명을 키우는 자장가를 들려주는 이름이다. 이 숲을 교향곡으로 환치한 시인의 시선에는 푸른 물감이 눈에 번지고 있다. 우리 속담에 도깨비도 수풀이 있어야 모인다'고 했듯 숲은 어울림을 주는 공간일 때 그 아래 집을 짓고 삶을 펼치는 풍경이 친근한 우리의 마을이었다.

신들의 출생지는 숲이다
숲은 강을 낳고
강은 인간을 품어 문명을 낳았다
신과 문명은 한 통속이다

「신들의 고향」에서

흔히 신이 하늘에 있는 줄 안다. 그러나 신은 땅에 있어야지 하늘에 있다는 말은 허언이다. 더불어 땅과 하늘은 맞닿아있을 뿐이다. 분리된 것으로 착각하는 말은 잘못이다. '신의 고향은 숲이다'는 명제에는 그런 깊은 뜻이 시인의 통찰로 밝혀진다. 강을 그리고 바다를 숲이 키우는 역할을 하는 발원지요 시초이기 때문이다. 이런 견지에서 정시인의 숲에 관한 생각은 매우 높은 경지를 방문한 사고의 깊이라는 생각이 든다.

'숲이 짙으면 범이 든다'는 속담 또한 숲에는 공존의 생명이 더불어 살아간다는 의미에는 고달픔을 위로하는 숲의 효용이 얼마나 다대한 역할을 하는가는 설명한다. 아무튼, 숲은 교향 곡이자 신비의 가락이 항상 연주를 계속하고 있는 공간이다. 다만 귀가 열린 자만이 들을 수 있고 눈이 밝은 자가 볼 수 있는 그런 공간이라는 상징이다.

3. 정서의 안도감

    기행시는 시인만의 감탄사를 독점하면 독자는 외톨이가 된다. 그러나 기행의 이면에 담겨진 민족혼을 발견했고 그 숨소리를 오늘로 연결하는 놀라운 재치에 이른다. 생각의 변경(邊境)을 넓히는 지식의 함축 또한 적절함을 유지하는 평행이 정서의 안도감을 준다. 아울러 정숙 시인의 시는 적절한 조사와 유연한 토운의 시적 전개가 매끄럽다. 깊은 의미의 함축이 간결함에서 상징의 고급성이 돋보인다.